夏日郊外的旅店

Le bonheur n'a pas de rides

[法] 安娜-卡埃勒·雨昂　著

范以例　译

江西人民出版社
Jiangxi People's Publishing House

果麦文化 出品

一

露天市场开放的那几天，西尔维亚娜最痛恨迟到：天气酷热难当，根本找不到停车位。她瞥了一眼仪表盘上的时间，下坡时狠狠踩下油门。汽车电台里，主播兴奋地介绍着国庆日活动，西尔维亚娜关掉了它。嘈杂的人群，汽车的轰鸣，不绝于耳的喇叭声，香肠散发的浓重香料味……一切都让她头疼不已。前面的老式小轿车仍在慢慢蠕动，似乎很享受这派热闹繁忙的旅途景致。

“往前开呀！我的天！”西尔维亚娜大声嚷道。

她突然挂两挡变至左边车道，猛蹿到前车的并排位置，冲着司机狠狠按了两下喇叭，准备超车。车里的司机是位老先生，戴着深度近视眼镜，鼻子几乎贴在方向盘上。

“喂，这是大马路，不是散步道！”隔着玻璃窗，她冲着老先生大嚷。

超车事件让西尔维亚娜很兴奋，她在购物清单里额外加了三颗鲜桃作为战利品。此外，她还要买一百克青橄榄、两根西葫芦，以及一根烤得刚刚好的法棍。她心里盘算着待会儿要买的东西，身上已大汗淋漓，天气实在太热了！她一上车就把空调开到最大。车子马力不够，空调力道也不够。她坐在车里暗暗嘀咕，现在已别无他求，只希望亲爱的珀莱塔可以准时出现在约定的地方。跟那些祈求世界和平的愿望相比，这个愿望应该不难实现吧？尤其那么多年来她一直在帮助他人，这积累的善缘，总能在好心的上帝那里兑现些小心愿吧。帮梅里老太太打扫卫生，给老加斯顿先生算账，还有带珀莱塔去逛市场……这些忙可不是白帮的！

西尔维亚娜自我吹捧一路，把车开到了山雀路。她眯起眼睛：已经看到不远处的小房子，门上爬满了紫藤。

但门前并没有珀莱塔的身影。

西尔维亚娜忍不住暗暗咒骂。可不能怪自己没耐心，她反反复复告诉珀莱塔，必须在八点半准时等在门口。这样她们才能以最快的速度把车停去教堂旁边——那里不但停车免费，离市场也很近。到得越早，买到的水果越干净。西尔维亚娜最讨厌吃的东西被成千上万只脏手挑来拣去过，尤其在这个季节。

然而每个周二早晨，珀莱塔总会迟到，亘古不变。原因不外乎——出门前要上洗手间啦，要把信装进信封啦，确认一下钱包是不是带好啦……天知道出门前还有多少事要做！她怀疑珀莱塔根本存心在跟自己作对。

西尔维亚娜弯下腰，快速捡起门缝里掉落的信和广告纸，起身关上门。她一边用手背抹了把嘴上的汗，一边拿广告纸扇风。这下好了，肯定得把车停在购物中心了——都不知道那里还有没有停车位。

“珀莱塔太太？珀莱塔太太，我们该出发了！”她站在门口喊道。

一股焦味扑鼻而来。她向厨房走去，骂骂咧咧着关上煤气开关。锅里的意大利面已经糊了。她打开窗户，挥舞抹布，想制造一点穿堂风，散散味道。

“珀莱塔太太？”

她敲了敲卫生间的门，仔细听里面是否有老太太的动静，但并没有声音。她又走进书房，打开百叶窗，一股热气扑面而来。透过窗户，她隐约看到了老太太——站在院子深处，不知在找什么。西尔维亚娜大声喊道：“珀莱塔太太！我在这里，您准备好了吗？”

没有反应，她只能更大声地叫道：“珀莱塔太太！我们该出发了！”

老太太还是没听见。她无奈地抬头看看天。这种时候，不如早点回去睡觉！她已经能预见教堂门口长长的车队，也看到被无数脏手揉捏过的桃子。她咬着牙冲向花园深处，眼角扫过成片的花草和小矮树，努力捕捉老太太的身影；她绕过小水池，穿过层层树荫，依然没看到珀莱塔，一种不祥的预感向她袭来。她以最快的速度朝工具屋跑去。修葺花园的工具！她心跳加速。老天爷啊！但愿……

“砰砰！”

被这突然冒出的声音吓一跳，西尔维亚娜向后垮了一大步，赶紧用手捂住怦怦直跳的胸口。

始作俑者珀莱塔则藏在一大片百子莲后，忍不住笑出了声：“你真该去照个镜子，看看现在的样子！”

珀莱塔穿着水貂大衣和雪地靴，站在花园中央。她把手上的浇水管递给目瞪口呆的西尔维亚娜。

“您总算出现了，珀莱塔太太。您穿的都是什么呀……”西尔维亚娜嘟囔道，“赶紧把大衣脱下来，会中暑的！”

“你快看这只小麻雀！它在跟我说话呢！”珀莱塔指着栗子树的树枝，无视西尔维亚娜的担心。然后她学着乐团指挥的样子，假装拿着指挥棒，做了个暂停手势，仿佛把小麻雀当成了乐团成员。

“您还愣着干什么！该出发了！”西尔维亚娜愤愤地说。

老太太朝她做了个噤声手势，向虚拟的听众鞠躬致意。

若在其他情况下，西尔维亚娜大概会以为有隐藏摄像机在偷偷拍摄，可现在是争分夺秒的时候。老太太却躲到树干背后，打算跟西尔维亚娜玩捉迷藏。

西尔维亚娜一把拉住她的手臂。

“你不知道数到十才能躲起来吗，你作弊啦，出来吧！”

欢乐的珀莱塔由着西尔维亚娜把她拉进屋子。

西尔维亚娜恼火地摇着头。这一天开始得太不顺了，可谁让她这么热心呢？不但多花汽油费，绕路来接人，而且完全打乱了计划！西尔维亚娜扒掉了老太太身上的皮毛大衣，一边听对方没头没尾的絮叨，一边用钥匙锁上了门，然后拉着她快步走向汽车。得和菲利普严肃地谈谈了。她很乐意帮忙，但凡事都有限度，绝不能这样恶性循环下去。

二

珀莱塔放下手中的叉子。

红酒太温，肉里都是筋。尽管在意料之中，她依然忍不住厌恶。

菲利普开口道：“妈，还记得我们说过下周要去度假吗？”

珀莱塔由衷感谢上天发明了“带薪假期”这个东西。接下去三周，她就不用再忍受儿媳糟糕的厨艺了。

科里娜也开口道：“我们会顺便庆祝菲利普升职。哎，菲利普，你跟你妈妈说了吗？”

菲利普假装露出“这消息不值一提”的表情。他今年五十岁了，长着一张圆脸，看起来是个好好先生。菲利普是个律师，就职于一家主攻经济纠纷的律师事务所。如果珀莱塔没理解错，他处理的主要案件是信用卡诈骗。跟经常在电视里侃侃而谈的大法官相比，他的工作更轻松，也更无趣。

“升职啦？”珀莱塔故意表现出惊喜。

她的反应正中菲利普下怀，于是他详细说了升职的事。

客厅的另一头，艾利克斯和提奥躺在沙发边，争抢着游戏机的手柄。每回周日聚餐，珀莱塔都要努力回忆他们的年龄，但就是记不清。十四岁？十三岁？看着他们大汗淋漓的样子，油腻腻的头发全粘在脸上，她更懒得去搞清他们的年纪。兄弟俩完全不服母亲的管教，更别提激发珀莱塔内心深处类似祖母之爱的感情了。

“艾利克斯！让你弟弟玩会儿！”科里娜站起身，命令道。

艾利克斯打了个很响的饱嗝。菲利普仿佛置身事外，紧紧盯着手机。珀莱塔觉得他有些忧虑。是在为她发愁吗？因为有人跟他说——母亲有老年痴呆的迹象？事实上，她自己想办法，能为菲利普解决很多麻烦！几周来，她一直在紧锣密鼓地做准备，行动必须快准狠。这段时间，若是菲利普因为她而多了几道皱纹，也没关系！她决定瞒着他，花一大笔钱把自己今后的生活安排好：她要在法国南部找个高级疗养院，远离家人忧虑的目光和儿媳难吃的食物。对于菲利普来说也不错，他算是给了母亲一个完美的归宿。

珀莱塔瞥了一眼时间，午饭还没结束。不知今天他们会不会跟她商量养老的事？没过多久，科里娜捧着她的招牌提拉米苏回到了餐桌前。每个星期天，菲利普都会称赞她的提拉米苏美味可口。珀莱塔看着在咖啡里泡软的饼干，强忍住恶心。

“珀莱塔，把你的碟子递给我。”科里娜说。

在菲利普面前，科里娜每次说话都特别谄媚，珀莱塔觉得很不舒服。科里娜总把自己当成少女，永远穿着超短裙和低胸紧身衣。她的厨艺太糟糕了，没食欲，让人怎么吃光呢？科里娜坐在餐桌边，紧紧搂着丈夫，虚伪地附和他说的每个笑话。如果他们是新婚，这场景可能被视为温馨。可对于这对已经结婚十五年的夫妇来讲，未免太肉麻了。珀莱塔才不会上当：看看科里娜的斜眼和满身赘肉，她真该好好炫耀自己选老公的本事，天知道菲利普看上了她哪里。珀莱塔还没见过她几次面，儿子就和她在市政厅宣誓结婚了。科里娜嫁给菲利普简直是中了头彩，她也乐得每天扮演完美妻子的角色，至少在丈夫面前，她装得很到位。丈夫不在时，她对婆婆毫不尊重，原形毕露。每回来他们家，珀莱塔都要仔细回味跟儿子独处的时光，可惜这样的机会越来越少。

珀莱塔把盘子递给科里娜，借势把杯子碰倒在桌上，红酒在白色的餐巾上留下深红色的污渍。要谈这个话题，总得制造些合适的气氛。

“噢！看我笨手笨脚的。真是对不起！”

菲利普赶紧放下手机，跑过来拿餐巾擦拭。

“住手菲利普，你在帮倒忙！”

科里娜紧抿嘴唇，一言不发地走进厨房找粗盐。珀莱塔强忍住笑意。希望在即将搬去的新家里，也能幸运地找到可以逗弄的伙伴。她拿勺子在海绵般的甜点里胡乱搅动，兴奋地回忆着印在疗养院宣传册上的餐厅照片。

这是坐落于上迦山地区的一家疗养院，里面有个星级餐厅。宣传册上说，餐厅的菜单都是精心挑选的美味佳肴，还可以在房间内吃早餐；宣传册的封面上印着一位喜悦的老太太，她正走向一座极具南法特色的气派庄园。整个养老院共有二十四间装修精致、设施齐全的房间。复古的威尼斯式建筑，被粉色砖结构外墙所包围，还有一个养护极好的花园和面向广阔海景的阳台；在中庭，有一口镶嵌维罗纳风格浮雕的大理石井，它紧挨一个喷泉，喷泉中央蹲着维纳斯女神像……高尔夫球场、常温泳池以及精美的壁画都让这所加泰罗尼亚式的疗养院显得更美好。尽管尚未涉足这片土地，但珀莱塔已对每个角落了如指掌。闭上双眼，她仿佛能感受到大理石带来的凉爽，豪华客厅里天鹅绒窗帘的柔软，古典家具上的蜂蜡香气，白色餐巾的柔软质感，还有水晶餐具碰撞时的清脆悠扬。这些更坚定了她要成为其中一员的信念，上迦山和当地的百年古树日夜呼唤着她。促使珀莱塔想离开舒适的家、憧憬那座豪华疗养院的原因并不重要，但必须承认：离开家搬去那里，如果可以远离儿媳妇，绝对不会给珀莱塔带来悲伤。

珀莱塔匿名给养老院打过电话，确认了那边还有空房，也让他们寄了十几份介绍手册给菲利普。这必然引起菲利普对疗养院的好奇。同时，珀莱塔也通过各种方式让菲利普对自己的精神状况产生担忧。每周西尔维亚娜来，珀莱塔都会精心准备一些“状况”，让她产生同样的忧虑。譬如把黄油放在书架上，同时把书放到冰箱里；给茶加盐，并把饼干放进浴缸；她还会穿着晚礼服和孙子的游泳脚蹼，用邮票糊墙；好像也做过穿着正装把自己的短裤挂在门口的事。

“这个提拉米苏真美味！看来你挺适合做家庭主妇的！”

“妈！科里娜不是家庭主妇，她是自由职业者！”

“自由职业者”这几个字菲利普根本说不利索，不过珀莱塔并不奇怪。

吃完甜品，菲利普让大家到客厅坐坐。珀莱塔一屁股坐在那张奇丑无比的靠背椅上。这椅子是科里娜亲手做的，在做椅子的八个月里，她没有一天不在抱怨抛光、打钉的复杂，以及把椅子扛到制作工坊的辛苦。菲利普为此称赞科里娜能干，骨子里却流露出大男子主义的优越感。只要太太找到打发时间的方法，他就会称赞和鼓励。

电器的轰鸣声盖过了电视机里的声音。科里娜蜷在沙发的一角——孩子们刚从那里跑开，她发现茶几上有好几块污渍，于是小心翼翼地拉开裙子，倒了点水去擦。

“妈，你最近好吗？”菲利普问道，“西尔维亚娜跟我说，你们周二去了露天市场……”

珀莱塔喝了一口滚烫的茶。终于进入正题了。

“谁跟你说的？我没去露天市场，肯定没有，我好久没去露天市场了……”

“你去了。她周二早上来接你的，还记得吗？”

珀莱塔内心已经笑翻了。

艾利克斯跑过来，使劲嗅了嗅放满饼干的碟子，然后一把抓起来吃。珀莱塔暗想：是不是现在的孩子都像这两个小兔崽子一样，没有教养还特别馋？

“大概是吧，好像去了……”但这话听起来完全不像是记得周二的事。

科里娜和菲利普对视一眼，默契地摇了摇头。

珀莱塔完全可以想到午餐前发生过什么：菲利普穿着刚上蜡的鞋子，科里娜深吸了口气才拉上了裙子拉链。菲利普肯定犹豫过，珀莱塔毕竟是他母亲，她这把年纪了，脑子糊涂不是挺正常的吗？科里娜一定这样反驳：“又来了菲利普！在七月十四号这种大热天穿皮毛大衣！在自家花园迷路！你还在等什么更离谱的事发生，才能下决心吗？”他必定整理了思绪，意识到养老院寄来的宣传册就是命运的提示，并答应科里娜会在午餐时跟母亲摊牌。

菲利普清了清嗓子：“妈，我挺担心你的。不，是我们挺担心你。你快八十五岁了，我们是不是该谈谈……”

“没有，我很好啊！连葛代医生都这么说……”

菲利普低头看着自己精致的鞋子。

“妈，葛代医生去世差不多十年了……”

“什么！葛代医生吗？”珀莱塔假装惊讶。

科里娜拉起珀莱塔的手，装出感同身受的样子，似乎想给老太太温暖以陪她度过艰难岁月，可她嘴角强装的苦笑没逃过珀莱塔的眼睛。科里娜跟她一样，迫不及待想结束这场貌合神离的家庭聚餐。这样再好不过，谁能想到儿媳竟然成了自己的“最佳拍档”呢！

菲利普打断了她的话：“妈，要不我们看看那种有二十四小时专业看护的养老院？西尔维亚娜很热心，但她不可能二十四小时照看你……”

珀莱塔想到西尔维亚娜身上的廉价香水味，还有那副斤斤计较的市井气。每次在菜市场，她都要逛完所有摊子比较胡萝卜的价格，但最后买的永远是最便宜的茄子。对，西尔维亚娜肯定不行，她只能干点鸡毛蒜皮的事。

珀莱塔假装听不懂菲利普的意思。

“别人给我们推荐了一个特别好的地方。”菲利普接着说道，“住在那里的老人都很快乐。你肯定住一间单人房，那边还有餐厅，既不是自助食堂，也不是那种特别拘谨正式的高级餐厅，而且对外开放。养老院在一个村庄里，非常幽静……”

珀莱塔感觉全身蔓延着兴奋。她仿佛看到了未来的场景：在阳光充沛的庭院里慢慢品茶，田园风光的景色隐没在无边无际的海景中……

“要不你先去那里住上一两个月，看看是否适应？我们肯定会去看你的，对不对，孩子们？”

科里娜也带着鼓励的神情，向孩子们点了点头。艾利克斯跑过来坐到祖母身边，绝对是想讨好妈妈，从中讨点小便宜。

珀莱塔大喜，没料到一切来得那么容易。看来西尔维亚娜是完全相信她老糊涂了，说不定还添油加醋，把自己的情况说得更严重。

“这……我也不知道。”她犹豫地说道。

为了帮助演戏，让儿子显得更有说服力，同时庆祝自己失而复得的自由，珀莱塔集中精神回想悲伤的事。她突然想起母亲的画面，也顺利地进入了这个情境。她暗暗有些惊讶，泪水禁不住从眼眶里落下，滑过扶手椅，落在地板上。

三

放下手提包后，珀莱塔没再说话。

车窗外是千篇一律的田园。零落的村庄、破败的谷仓，还有大片的油菜花地在眼前掠过。菲利普不耐烦地调着收音机频道。前面的雷诺车严格遵守着限速规定，开得很慢。一只苍蝇从车窗外飞进来，停在挡风玻璃上。菲利普想用手背拍死它，但没打着，他恼火地发出啧啧声。小苍蝇在仪表盘和挡风玻璃间嗡嗡地飞来飞去。它知道自己命不久矣，像是在求救。

珀莱塔并不反对在他们夫妻出发度假前就搬去养老院。

“进展确实挺快的，”菲利普说，“但这样我们在度假时就可以放心了，有人能好好照顾你了。”珀莱塔其实心知肚明。

坐在后排两个儿子中间的科里娜，看到什么都很兴奋：“看那边，是奶牛！孩子们，看到了吗？”两个懒洋洋的小伙子戴着耳机，根本没反应。但这丝毫不打击科里娜的热情：“这地方太美了，而且从巴黎开车过来只要一小时，简直完美！对不对，菲利普？”

他们开车经过一个小镇，几座石头外墙的房子紧挨着一座小教堂，教堂好像关着门；车子驶过一小片墓地，小路的中央微微拱起，仿佛在说，谁都不应当打扰在此安息之人。

菲利普了解他母亲，知道她肯定有什么不对劲，但也并不了解个中原因。她收拾行李时还是挺配合的，上车后就不太对劲了。菲利普在设置导航时，她拿饮料罐头使劲敲着仪表盘，还大声嚷嚷。

“好了，妈。别敲了，别敲了！”

“菲利普！”她大声嚷道，“你马上送我去上迦山，不然我立马下车！”

时速一百三十码的小车飞驰在高速公路上。菲利普完全没把他母亲的威胁当真。

“上什么山？你要去哪里？”

珀莱塔把饮料罐狠狠砸向儿子的脑袋。

“妈，别闹了！你在说什么啊？科里娜给你找了个非常棒的养老院……”

“菲利普，我说一不二，我会开门跳车的！”

汽车朝着设定好的路线前进时，珀莱塔意识到自己成了一个巨大误会的受害者。一场令人发指、糟糕透顶的误会。她犯了个不可原谅的错误——低估了敌人的实力。儿子完全没想带她去那个走上台阶有大花园的高级养老院。他们飞驰前往的是科里娜推荐的某个破烂看护所——鬼知道在什么乡下地方。科里娜只用一个自制提拉米苏，就轻而易举地让丈夫相信了她，把珀莱塔送去她指定的养老院。而且打赌，这家养老院和珀莱塔自己看上的那个，差的肯定不止高尔夫球场、恒温游泳池和高档白色餐巾。

老天爷！一想到自己那么轻易就任人摆布，珀莱塔简直要气昏过去。

“妈，对我们有点信心吧，相信我们肯定为你选了最适合的养老院。科里娜一个同事的妈妈就曾住在那里……”

“她是个特别好的老太太。”科里娜补充道，“她说在那里度过了人生中最快乐的几年……”

珀莱塔觉得孤立无援，再也没说过一句话。

一刻钟后，菲利普把车停在一座有彩色护窗板的石头房子前。房子共有四层，坐落在田间。一辆自行车靠在墙根，房子周围种了几棵果树，空气里飘着肉和香料的气味。科里娜兴奋地欣赏着大门外两朵盛开的绣球花，门前的黑板上还写着当日主菜。

菲利普把车熄了火。柏树枝头的喜鹊叽叽喳喳地叫着，珀莱塔抬头望了望天。

“太好了，我们到了！”

“看看这地方，太美了！”科里娜拿着手提包准备下车。

菲利普偷偷瞥了母亲一眼，珀莱塔转头望向车窗外，故意不理他。

“我能下车了吗？我要去厕所。”

车门刚打开，一个身穿工作服的男人就从养老院里推开了门，站在门口的台阶上。这位大个子手很大，眉毛很浓，但胡子稀疏，他热情地迎接他们。

“厕所在哪儿？”艾利克斯连招呼都不打，径直问道。

“往这边走，小伙子。”伊凡大声指引道。

“我是菲利普·梅西耶。”菲利普跟他打招呼，暗暗比起了气势。

“叫我伊凡就行了。欢迎来寒舍。”

这个眼睛带笑、大腹便便的老板，大概没有什么能打击他对生活的信心和乐趣吧。

菲利普和稍后赶来的科里娜一起跟伊凡说了几句悄悄话。伊凡看了眼车里的老太太，点点头。

“我们到了，妈妈。”菲利普语气欢快，走到车窗边，对珀莱塔说道，“这是伊凡先生的小旅店，他在那儿，是这里的老板。里面看起来真不错，你……”

珀莱塔按下按钮，把车窗关了起来。

“来吧，妈！至少下来看一眼吧……”

珀莱塔按下挡风玻璃的“除冰键”作为回答。带着肥皂泡的水喷射在玻璃上，溅到菲利普的裤裆上。

科里娜尴尬地朝这个五十来岁的老板笑了笑，对方正好奇地望着他们。他长着张奇怪的脸，半边不能动，好像毕加索抽象画里有小胡子的人。她赶紧别过头，生怕盯着对方，让人不自在。

伊凡也有自己的担忧。现在是午餐时间，他得进去帮忙。再说，老太太若是不想来，谁也不能逼她……严格来讲，这里也不是专业养老院。

感觉到老板的犹豫，科里娜赶紧过去说服。

“是我给你们打的电话。就像我在电话里说的，我婆婆身体很好，只是需要人陪伴……在大自然里跟大家相处对她有好处……你们现在有几个房客？”

“嗯，让我想想……我们有乔治先生，一个特别有魅力的男人，他刚来不久；马瑟琳娜，她从毕嘉迪来；伊贝利特；还有小朱丽叶特，她是帮工，已经四个人了；诺尔是厨师，还有我，就是六个人。啊，还有雷昂，我差点把雷昂忘了！七个人，我们一共七个人！”

科里娜探究地望着他。

“雷昂是厨师养的猫。”他继续道。

科里娜夸张地笑了起来，暗暗朝菲利普使了个眼色，暗示他抓紧时间。这时，艾利克斯从房子里走了出来，用裤子擦着手。

“我们能留在这儿吃饭吗，妈妈？”

科里娜狠狠地白了他一眼。他们得开车回去整理行李，况且她已经牺牲了半个周末，开车送老太太过来了，她可不想留下来捅这个马蜂窝。

菲利普不知所措地倚在车门边。科里娜走过来，一只手提着行李，另一只手拉着菲利普。

“让我来吧。”科里娜打开车门，蹲到跟老太太平视的高度，像是一个妈妈跟她受了委屈的孩子在说话。

“珀莱塔，你该进去看看。菜肴看起来很美味，伊凡先生给你留了最好的一间房，不但阳光充沛，还能看到景色。”

事实上，科里娜已经答应了伊凡先生的全部要求。就算科里娜虚报一个更高的价格，菲利普也会觉得便宜。反正这种豪华养老院的收费都高得离谱。

珀莱塔立刻爆发了。

“你给我闭嘴！别胡说八道了！烤不好羊肉是一回事，睁眼说瞎话地把一个乡下小旅店吹嘘成城堡，可是另一回事了！菲利普，马上带我回家！”

“可是妈……”菲利普无奈地哀叹。科里娜苦恼地举手表示投降。

“现在怎么办？”菲利普问道，“我不能就这样把她留在这里……但是她的房子我也租出去了。”

“我们能把她送去哪里呢？”科里娜咬着牙，拼命在脑海里搜索。

“我看只有一个办法。”菲利普接着说道，“带她一起去度假，然后再看看怎么办。”

珀莱塔和科里娜都惊呆了。

“去哪里？去肯尼亚？”科里娜提高了嗓门。

珀莱塔脑海里浮现一幅画面：她和儿媳同时缩在被牛羚包围

的帐篷里，分享一卷厕纸。多恐怖的画面！与其落得这个下场，还不如和乡下人一起度夏。

珀莱塔拿过拐杖，以最快的速度下了车。她冷冷地注视着儿子的眼睛："你给我永远记住，今天，你抛弃了你的母亲。"

伊凡主动提出帮珀莱塔拿行李，她一言不发地递给了他。伊凡满手行李地陪着老太太走进餐厅，指给她看楼梯的位置。

老板进门后，整个餐厅鸦雀无声。这里的老住客们屏息凝神，六双眼睛紧紧盯着老板。他们不常迎接新住客，虽然房租按月收，但大部分人都在这里住了好几年。诺尔在厨房里朝伊凡做了个询问的手势，伊凡尴尬地朝她耸耸肩，陪老太太上楼去了。

四

珀莱塔用拐杖顶开新房间的门。天花板很高，有两根巨大的房梁，两扇大窗外是村庄和田野。伊凡把她的行李放在壁橱边，打算带珀莱塔参观一下。

“别烦我。”珀莱塔冷漠地说。

伊凡本该被珀莱塔激怒的，却只是把带有绒球的大钥匙放在门口的五斗橱上。

“午餐开放到下午两点。您要吃什么，就告诉我。”

珀莱塔用沉默作为回答，扭头面向窗外，一阵微风拂过百叶窗。伊凡轻轻合上门出去了。珀莱塔气愤地把拐杖推倒在地，又伸手把桌子上的小花瓶摔到地上，一朵可怜的小野花在玻璃破碎的噪音中粉身碎骨。

科里娜这招真是厉害！堪称完美太太了吧？她现在真是当家做主了，把婆婆扔到一个臭旅店里等死，自己则拿着婆婆养老的钱去做抽脂手术！

在这种到处是奶牛，只有一个破饭馆，毫无生活品位的地方，珀莱塔绝对撑不过三天。这里的人就是一窝酒鬼，她见多了。他们穿着工作服，斜倚在吧台上喝酒的饥渴样，就像没吃过谷子的牛。她完全能想象在这里的生活图景——廉价的格子餐巾、油腻黏手的塑封菜单，以及半干不净的玻璃杯，还有墙上挂的那些画！天哪，就算鼻子没被这里的油齁味给熏坏，眼睛也会被这些粗劣的画给丑瞎。珀莱塔觉得自己快要昏死过去了。她扶着窗台，沿床沿慢慢坐下。一只蚊子从窗外飞进来，从她耳边嗡嗡飞过，停在墙上。珀莱塔随手拿样东西就把它拍死了，石灰白墙上留下一道血痕。就把这当作她留下的纪念品吧。

这记暴行鼓舞了珀莱塔。她理了理裙摆，慢条斯理地给自己扇扇风。她是不会在这里坐以待毙的，绝对不会。非常明显，她只是低估了敌人的实力。但菲利普毕竟是她儿子，所谓道高一尺，魔高一丈。

在一周内，她定会让这个乡巴佬老板给菲利普打电话，把自己接走。珀莱塔发誓，下次肯定要给自己买张单程票去南法的高级疗养院，下次旅途的风景绝不会让科里娜失望！再说，做正确的事，永远不晚。老太太从手提包里拿出折了角的宣传册，看着封面上被橄榄树围绕的城堡，喉头一阵发酸。

“今天就来参观吧！”册子里这样写道。珀莱塔咬了咬牙，看到床头柜上的电话。此时，打蚊子留下的血痕变成了深红色，印在正上方的墙上。

拨号的时候，珀莱塔的双手轻轻颤抖。她恼火极了，该死的老年！人生最美好的时光，她被脾气暴躁的父亲管束着，接下去的时光，又被一无是处的老公消耗着。好不容易获得了自由，身体却背弃了自己。

电话铃响了几声，一个欢快的女声出现在电话那头。

“您好，上迦山疗养院！”

珀莱塔让对方寄了一份入住申请书到伊凡的旅店。她慢慢地重复着菲利普两小时前在导航中输入的村庄名称。

“没问题，太太。您需要预约参观吗？”

“不用了，我参观过了。”她谎称道，“我想预约一间房，你们有空房吧？”

“只剩一间艾莉姿套房了。这间套房有个海景阳台。房间设施包括平板卫星电视、特大号治疗床、按摩浴缸，以及可以去‘斯诺斯朗区域’的门禁卡。斯诺斯朗主要用于激发感官敏感度。”

珀莱塔完全不理解“斯诺斯朗区域”是什么东西。但这地方肯定值得一掷千金，这就足够吸引她了。

“您想要体验艾莉姿套房吗？”

“当然。”

珀莱塔清晰地把名字报给了她，并向她保证一收到注册资料就会寄支票。人只能靠自己！接下去就是早点逃离这里，还有让菲利普尽快收到账单。她接下去的主要任务，就是让菲利普为她去斯诺斯朗和所有高额消费买单。

五

楼下的人正在欢乐地聊天。六十多岁的马瑟琳娜看起来很温厚，爱吃美食，也爱听好话。她正饶有兴致地回味珀莱塔入住时戏剧性的一幕。这地方太久没有新面孔出现了！

“儿子听到妈妈侮辱自己太太时那样子，太没骨气了！”她哈哈大笑。虽然刚才隔着窗户，可她一点细节都没漏掉。甚至连诺尔这个从来不喜欢与马瑟琳娜为伍的人，都得承认刚才那一出真是神反转！躲在炉灶后面大笑：“我猜她儿媳的裙子都被震碎了！”诺尔有着一双深色的眼睛，身材窈窕，腰间还系着围裙。

“得了，少说两句吧。”老板劝他们，“无论发生什么，我们都该一如既往地欢迎。她肯定要几天才能适应新环境。”

比这里的住客都年轻许多的朱丽叶特，正忙着收拾其他四人的饭桌。她非常同意伊凡的想法，而且对珀莱塔的印象挺不错的，老太太穿的真丝衬衫熨得一丝不苟，看起来相当优雅。从珀莱塔身上她隐约看到了外婆的影子，可外婆在她很小的时候就离世了……

“老太太的脑子没问题吧？”两颊通红的马瑟琳娜靠着窗台问道，“看她刚才的样子，总觉得不大对……”

谨慎又优雅的乔治八十多岁了，他正在看报，抬头看了眼马瑟琳娜。他不喜欢多管闲事，有这工夫，不如把自己管管好。

“她儿媳妇跟我保证，她身体状况很好。”伊凡很肯定地说道。他面瘫的半边脸，让整个人看起来特别奇怪。“这里毕竟还有其他住客需要照顾……”

雷昂这只又胖又壮的公猫谨慎地抖了抖胡须，向厨房跑去。

“怎么看都觉得有鬼。”马瑟琳娜提高嗓门，刻薄地评价道，“把这样一个老太太送到这种没人来的地方……”

“马瑟琳娜，你胡说什么！”伊凡恼怒地朝她吼，“我告诉你，这里的房间不用一个星期就能租出去，你那间房还有好多人来排队预约呢！懂的人自然懂……”

“今天来了二十五个人吃饭。”朱丽叶特赶紧岔开话题，“工作日能有这些生意挺不错了。”

最后一个客人离开了餐厅，走之前还热情地感谢伊凡周全的招待。

“要给珀莱塔送些吃的上去吗？”诺尔问道，她自己最不喜欢饿肚子。

话音未落，正被大家热烈讨论的珀莱塔出现在楼梯上，屋子里瞬间安静。站得笔挺的老太太一脸傲慢，不经任何人同意径直走向窗边的桌子。老太太身形瘦弱，但胸前那个比她眼睛还蓝的胸针特别显眼。她银白色的头发垂在脸上，整个人散发着强大的气场，这大概就是传说中的女王气质。朱丽叶特拿起菜单，抓起一篮餐前面包，赶忙给老太太送过去。

“你是新面孔，我之前没见过你！”珀莱塔故意大喊起来，“我只吃跟平常一样的菜，别放洋葱！”

马瑟琳娜扬起眉毛，支起耳朵，饶有兴致地观望事态发展。她嘴角藏着一丝讥笑，探究地望向伊凡。伊凡走到老太太身边，假装没听到她说的话：“来，给您菜单。薯条是自制的。那边的板上有今日主菜，但三文鱼应该卖完了。”

“你是谁啊！你算老几！帮我把老板找来！再给我拿瓶矿泉水！”

诺尔惊愕地看着伊凡。

“我就是老板，珀莱塔太太。刚才是我接待您的，还记得吗？是我带您去房间的。”

“哎呀！一只苍蝇！”珀莱塔瞬间转移了话题。

诺尔摇着头，嘟囔了几句，转身走进厨房。她心想：还是赶紧撤吧！伊凡不是说还得照顾其他人嘛……

珀莱塔笑着望向窗外，像见着老朋友似的跟一个路人打招呼，然后缓缓转过头，看着乔治。

“今年十一月还不算热，您觉得呢？”

尽管被珀莱塔的胡话吓了一大跳，乔治依然表现得云淡风轻，不想让人觉得自己也在嘲笑老太太糊涂。他放下报纸，抬头望向珀莱塔："这个……您的意思是……"

"等着十二月的高温预警吧！"马瑟琳娜故意刻薄地接嘴。

朱丽叶特给老太太端来了老板送的欢迎酒和一小碟腌渍橄榄。老太太一看，握着拳头狠狠地砸向桌面，差点把酒杯都打翻："说过多少次了，我不喝酒！"

朱丽叶特被吓了一大跳，惊慌失措地望向老板。这最后一幕真把伊凡逼急了。他深呼了口气，抚脸思索道："我把菲利普的电话存在哪里来着？"

六

“伊贝利特，你是今天出牌，还是要等到明天再出？”伊凡问道。

“嗯……乔治先生刚给的线索……芥末大将军……在大客厅……拿着烛台……”伊贝利特脑子一片混乱。

“这些都不对……”乔治的嘴角挂着微笑。

“应该这样……”马瑟琳娜在纸上胡乱画着，想要提示他。

诺尔深棕色的眼睛望向马瑟琳娜。这双眼睛严肃得很，就算带着笑意，看起来也像在指责。

伊贝利特皱起眉头，他最不喜欢成为人群中的焦点。这游戏太复杂，当然生活本身也够复杂的。应该这么说，读自己名字已经很复杂了，拼写出来更是难上加难。大人的身体，孩子的智力，应该说他是这个小家庭的重点保护对象。小鹿似的眼睛，浓密的卷发，伊贝利特看起来像个没长大的孩子。他的身世对小旅店的老住户而言还是个谜，但有一点可以肯定：只要他一笑，什么都可以被原谅。无论是他的狂想症，还是他的笨拙。

朱丽叶特穿着蓝色波点睡衣，仔细研究着手上的牌。

“你联系上老太太的儿子了吗？”诺尔问伊凡。

“没有，一直转到留言信箱。但这个骗子很快会回我电话的，我保证。”

“如果他们出去度假了，恐怕还得等一段时间。”马瑟琳娜望向乔治，想在他眼中找到赞同。

乔治正在认真钻研手上的牌。他穿着羊毛开衫，每个扣子都被一丝不苟地扣好了。窗外狂风呼啸，把遮阳板打得啪啪作响。一道闪电划过天空，紧接着就是轰隆隆的雷声。天神似乎正在旅店顶上打架呢。伊贝利特吓得缩起脖子，抚摸着怀里的雷昂。他俩都特别害怕暴风雨。

“我找到了！”伊凡傲慢地大叫。

“我们可是了解你的，伊凡先生。”马瑟琳娜反驳他，“您就是虚张声势，想早点去睡觉！可不能凭着乱七八糟的东西就说您找到了。有证据吗？”

“当然有！这就是！”伊凡把那写满鬼画符的纸递到马瑟琳娜眼皮底下，纸条已经被分割成四块。

“可是我们什么都看不懂！”伊贝利特筋疲力尽地说道。好不容易有些头绪，现在他又糊涂了。

“你当然看不懂！我的逻辑推理能力比你们强多了！结论就是，我找到了！”

“不是这样的！不带这么玩的！”马瑟琳娜一边叫着，一边扑向藏有罪犯名字的小盒，“无论怎么说吧，还没轮到你说答案呢！”

两个玩家争执起来，一个说对方作弊，一个说对方泄密。卡片被扔得满天飞。突然，一个穿厚睡裙的身影出现在楼梯上。

“伊凡先生！”

圆桌附近瞬间鸦雀无声。

“这里不让人睡觉是吧！”尖锐的声音响彻室内。

“非常非常抱歉，珀莱塔太太！”伊凡说道，他嘲笑地望向马瑟琳娜，“我们这里有些人玩不来高智力的推理游戏。”

马瑟琳娜白了他一眼。

珀莱塔继续尖利地说道:“实在太过分了！我不是早上五点被收垃圾的声音吵醒，就是被你们的噪音吵醒！我告诉你，伊凡先生，要是再发生类似的情况，我马上回巴黎！让你们吃不了兜着走！”

马瑟琳娜指指自己的太阳穴，暗示大家——老太太的脑子确实坏了。

“来吧，珀莱塔太太，我陪您回房间。”伊凡建议道。

“喂！别来指挥我！我知道自己的房间在哪里！”

珀莱塔果断地迈开脚步，伴随着裙摆的沙沙声，白色的身影隐没在楼梯尽头。伊凡愣在原地，瞪着马瑟琳娜，让她少说点话。他清了清嗓门，压着嗓子说：“维埃拉教授拿着烛台在图书馆里。”说完答案，他打开画着问号的黑色信封，露出得意的微笑。

“答案揭晓！祝各位晚安！”

马瑟琳娜很气愤，把手上的牌扔到桌上，双手抱胸生闷气。

“哎呀！真是的！他到底是怎么猜出来的！”伊贝利特完全泄了气。

诺尔咂着舌头摇头叹气，把棋子都放进收纳盒里。大家站起来把椅子摆好，穿好拖鞋上楼睡觉了。

伊凡一个人待在房里。他点燃烟斗，默默吐出几个烟圈。窗外大雨滂沱。他犹豫着去不去菜园里看看地里是否积水，但是今天有些累了，服务了二十五位食客，新来的珀莱塔更是把他累垮了。这都叫什么事儿啊！

他还是放弃了下去的念头。几乎同时，他看到窗外的菜地里有条鼻涕虫爬上了一棵莴苣，这些菜他可精心养护了六周！

伊凡微微起身，从裤子后面的口袋里抽出一个信封。他久久观察着信封，期待从上面看出些蛛丝马迹，然后抽出信，深深吸了口气。这已经是本月的第三封了。

到底是谁给他寄的恐吓信呢？看着内容，他百思不得其解，但有件事很确定——对方要他用钱来换取平静的生活。

伊凡在脑海里快速盘算着。餐厅和房间带来的收入勉强能维持旅店运营，就算他从里面挤出些钱，也还不足对方要求金额的三分之一。

等把珀莱塔送走，他还得赶紧找租客。这样一来，还得损失些租金。他又深深吸了口烟斗。假如珀莱塔的儿子把这里当作专业养老院，就得付相应的钱！但首先得让这小兔崽子回电话。菲利普一定是趁着这三周放松去了，反正把母亲往这里一送，也不用操心。生活太悲哀了，他忍不住想，等自己老了，会不会也像这样被儿子抛弃呢？儿子小时候追着他跑的样子仿佛还在眼前。一到下雨天，他就会冒出这些忧伤的想法。

他把信叠好，重新装回信封，站起身，看着自己的身影映在壁炉上的镜子里，想到了自己的父亲。他握紧拳头，心中燃起烈火。他是不会向这些匿名信屈服的，也不会被这些莫名其妙的威胁打垮。他绝不接受被玩弄于股掌之间！如果有人要向他宣战，那就来吧！他绝不屈服！

但是信里总有什么地方不大对劲。这念头在他脑海里挥之不去，就像镜子上的那只苍蝇。他关上灯，隐没在黑暗之中。

在比伊凡的房间高两层的卧室里，诺尔坐在床上，抽着塔罗牌。刚才牌上的这轮新月意味着什么呢？

她把塔罗牌摊成半圆放在面前，专注地想着这个问题，慢慢洗牌。她把随机抽出来的一张牌放在左面，然后再抽三张依次放在右面、上面和下面，四张牌形成了一个十字。烛光忽闪，房内光线幽暗。在翻开最后一张牌之前，诺尔闭上双眼，然后缓缓睁开。她看到白胡子国王倚坐在王座上——手里握着权杖，不禁倒吸一口冷气。不祥的预感在她脑海里翻滚。

“看来暴风雨就要来了。”诺尔回想了抽牌的过程，暗暗祈祷，“神啊，请赐予我力量！”

七

珀莱塔绕着广场走了一圈。

她站在布满鲜花的纪念碑前，凝视了好一会儿。纪念碑旁是家食品店，还有一家已经歇业的驾校，旁边殡仪馆的橱窗里陈列着花圈和大理石墓碑的样品。

珀莱塔打量着橱窗玻璃中映出的自己。她看起来糟透了。在这小破村里，哪里才能找到一家理发店呢？

尽管守了三十五年寡，珀莱塔依然坚持每周去理发店弄头发，她最讨厌头发乱七八糟了。刮大风的日子，她宁可守在家里不出门，也不愿把发型弄乱。外表管理是对自己最大的尊重。每次看到不修边幅的老太太，她就忍不住撇嘴。她有预感，科里娜以后一定是个糟老太婆：脸上留着枕头印，脖子上的橘色粉底团成一块。

看样子，要找到理发店是有些困难了。她不由得想起上迦山的美容美发区。宣传册上写着“配备理发室、按摩室和身体护理服务”。

她加快步伐。就算是她这个拄着拐杖的老人，从村头走到村尾也花不了多久。除了遍地的野花、一个大礼堂和几只流浪猫，哪里都没有理发店的影子。

珀莱塔走上通往邻村的路，去那边碰碰运气吧。天气很热，她非常后悔出来没戴帽子。

几只苍蝇嗡嗡地绕着她的脸，她赶紧用手一挥，想把它们赶走。挥手的动作有点儿猛，她忽然觉得有些头晕，于是移步到旁边苹果树的树荫下避暑。道路另一边是长长的铁丝网，一头奶牛在铁丝网后面悠闲地啃着草。奶牛的样子让珀莱塔想起马瑟琳娜红扑扑的脸。三天来，这个乡土气息浓厚的马瑟琳娜似乎完全被珀莱塔骗住了。当然，珀莱塔也用心演了，装疯卖傻是她的强项。至于伊凡，他已经完全失去耐心，从他急迫地给菲利普留言这点上可以体现。再说，现在也到“好好表现”的时候了，她对这里的生活已然厌倦。那些住客不是在笑话她，就是把她当成神志不清的老糊涂。她本意并不想成为他人的笑料，但实在是太无聊，眼下又没有可以消磨时间的事。更别提餐厅的薯条了，她连尝都不敢尝！餐厅的所有食物都让她恶心。

必须承认，科里娜虽然不在，她的报复计划却实施得很有效。只要看看伊贝利特对着月亮傻笑的样子，以及马瑟琳娜穷凶极恶的吃相，珀莱塔就大倒胃口了。还有那个整天躲在报纸后面的老头子……他叫什么来着？让？乔治？乔治！但不得不说，他老穿着熨得笔挺的衬衫，这跟整个环境挺不搭的。珀莱塔承认，他还是挺有魅力的，但几乎像个透明人，从来不会跟人多争论一句，似乎是个有故事的人。不知道他在担心些什么呢？

休整了一下，珀莱塔重新上路，很快来到邻村。教堂钟声刚好敲了十一下。珀莱塔快步向小教堂走去，想到里面凉快一下。

她拖着略显沉重的步伐走进中殿。刚进门时，她什么也看不见，眼睛还没从刺眼的阳光中适应过来。教堂里蜡烛的香味混合着石头的味道，阳光穿过线条简洁的彩绘玻璃窗，把整个祭坛笼罩在紫色的光晕下。适应了室内的光线后，珀莱塔看到一个瘦小的身影坐在前排的长凳上。她认得这个人，她是旅店的服务员，那个每次来服务自己，都会吓得手抖的小姑娘。她叫什么来着？科莱塔？玛丽亚特？她有一双水汪汪的大眼睛，似乎随时都会哭出来。

珀莱塔准备起身出门时，似乎为了引起她的注意，那姑娘竟呜咽了起来，双肩不住地颤抖。科莱塔——假如这真是她的名字——大声祈祷："外婆啊……"

她的肩和背随着断断续续的抽泣抖动着。珀莱塔整个人愣住了，她最怕被小姑娘发现，然后对方跑来寻求安慰。她最讨厌爱哭的人，对眼泪总是束手无策，每当面对别人的忧伤，总觉得像被绑架了。她转过身，背对着钉在十字架上的耶稣，仓皇逃出了教堂。

只消一眼，她便发现这里比上个村子更荒凉。只有零星几座石头砌成的小屋，院子因为疏于打理，杂草丛生。尽管酷热难当，珀莱塔还是沿着乡间小路继续前行。一块告示牌上写着下次旧货集市的地点，珀莱塔把这视为鼓励她前行的信号。

阳光笔直地投射下来，珀莱塔汗流浃背，皮肤又黏又湿。她唯一能做的就是一步步往前走。她的身体摇晃起来，脚下一个踉跄，她赶忙扶住路边的篱笆。一根野草割破了她的手指，她气得咒骂起来。

突然，有辆汽车转弯过来，停在她身边。珀莱塔被阳光刺得睁不开眼，她用手挡着额头。驾驶座的车窗缓缓摇下，露出了旅店厨子的脸。

“珀莱塔太太，您一个人在这里干吗？迷路了吗？”

“我来找儿子！”老太太没好气地说。

诺尔无奈地看看天，打开了汽车后座的门。

“上车吧。”

珀莱塔被飞虫闹得头晕眼花，赶忙坐上车。车子一开动，凉爽的风便扑面而来。

“您要去哪儿？”

诺尔脸上带着嘲讽的表情，这让珀莱塔很不自在。她这脸色摆给谁看呢！

“你是谁啊？”老太太回敬道。

“您心里很明白我是谁。”诺尔说道。

车里一阵沉默。珀莱塔很清楚，自己进入了敌人的地盘。

“为何不直接告诉我您在找什么呢？”

老太太假装没听见。

诺尔加了速，汽车在小径上飞驰。老太太惊叫一声，因为她看到某个理发店在眼前闪过！一个门面极小、闪着霓虹灯的理发店。珀莱塔简直以为产生了幻觉。

“停车！”

诺尔回过头：“邮局？您要停在邮局门口吗？”

“是的，我要去邮局赶飞机。让我下车。”

她刚要下车，诺尔一把拉住她的胳膊。

“别跟我来这套，珀莱塔太太。跟您的儿子和儿媳耍这种把戏，随您乐意，但别指望糊弄我。您和我都非常清楚，您脑子清楚着呢，所以别在我面前来这套。”

珀莱塔一言不发。

“话都说到这儿了，您也别再刁难伊凡了。他跟您儿子说得很明白了。再过几天，您就要离开这里了，所以咱们谁都别为难谁。我要是您，就趁这个机会，好好享受田园生活。”

珀莱塔意味深长地看了诺尔一眼，砰地关上车门。

对着她远去的背影，诺尔在窗口喊道：“别再装了，珀莱塔太太。要不然……我当着大家的面揭穿你。”

然后，她的车消失在了阳光里。

八

雷昂一爪子把三文鱼推开。它如往常一样，坐在窗沿上，鼻子被太阳晒得金黄。它专心地舔着意大利面，把有限的胃口留给了真正的美食。

诺尔站在一边，双手叉腰，肩上搭着抹布，深深叹了口气。

这可是旅店的特别规定：所有的新菜都要经过雷昂的认可，它是大厨猫，而且对菜的调味要求非常严格。菜单里只有一道菜例外，那就是伊凡的自制薯条。无论雷昂怎么不待见，伊凡都不予采纳。自制薯条对于伊凡来说，是一道神圣不可侵犯的菜，他觉得这是他的独门秘籍。

“快点雷昂！加点油！我还有半打咸挞要做呢！”

诺尔觉得雷昂前世就是一个大厨，就是那种穿着厨师白制服、带着酒气、拥有仙子般灵巧的手指、对着料理台大吼的厨房大将军。雷昂前世一定是大厨，还是米其林大厨。为了补偿它前世那么辛苦地取悦他人，这一世它再生为一只又胖又懒、胸部丰满的公猫。

诺尔拿走碟子，重新放了块三文鱼，浇上口味淡些的酱汁，重新放到雷昂面前。“来，试试这个，雷昂大厨！告诉我这次有没有好吃点儿。”耳朵后夹着铅笔的诺尔默默观察着猫的反应。

而另一边，珀莱塔正在咆哮。理发师把她的头发弄得一团糟。她看起来像是二十世纪八十年代的过气女歌手，整个人更显老了！理发师还在她头上抹了层极厚的发蜡，厚到连天塌下来砸在她头上都感觉不到。

珀莱塔怒气冲冲地回到旅店，准备向每个靠近她的人发难，尤其是那个厨师。但诺尔看起来一脸若无其事，珀莱塔打算先沉住气。

伊凡站在吧台后面，挠着半边变形的脸。这是他生气时的习惯动作。不知道他是怎么变成这样的。珀莱塔仔细打量伊凡的脸：半边面瘫，毫无表情地垂着，胡子也诡异地只长半边，他还经常在胡子下自言自语。

珀莱塔很久以后才了解了这个故事——来自异域的贪吃虫的故事。它们来自遍布毒蜘蛛和食人族的国度，随着行李箱去往世界各地。有一天刮大风，把无名毒虫刮到了旅店，饥饿且凶残的毒虫锁定了伊凡的脸，往他脸上刺下毒针，吃掉了他的半边脸。

诺尔总喜欢用这个故事来解释伊凡的面瘫。

马瑟琳娜年轻时认识过一个医生，有些医学知识，就在旅店住客面前充当起临时医生。这个人说，肯定不是“贪吃虫”导致伊凡面瘫的，而是有一次三月下骤雨，他没躲进屋，雨水给他的耳朵造成了损伤。但住客们宁愿相信诺尔的版本，这个说法也为他们没钱出门旅行，提供了合理的借口。而且，“贪吃虫”如何仅凭一根毒针就永远麻醉一个人的半边脸——尤其是伊凡这张又大又长的脸，这成了大家酒足饭饱后的谈资。

珀莱塔坐在扶手椅里，密切观察着伊凡。他粗重的手指捏着一沓信件，里面是几张账单和几张广告。珀莱塔仔细盯着那些信，她在等上迦山的注册文件。这事不能再拖了，她没有时间。

突然，一封信从伊凡的手上滑落，掉在吧台上。尽管珀莱塔看菜单挺费力，但她还是清晰地注意到这封没有邮票的信。伊凡神色慌张地捡起信，放进裤袋，不安地朝厨房张望。这样子激起了珀莱塔的好奇。这不是讨债信就是恐吓信，无非就是这点事。

珀莱塔瞟了一眼钟，快四点了。现在是不会有上迦山那些被人赞誉的下午茶了。她其实不觉得饿，但吃饭是最容易消磨时间的事。马瑟琳娜特别明白这个道理，一刻不停地把手伸进花生碟里，她的咀嚼声响彻整个房间，唯一的其他声响是她刮奖券的摩擦声。

“又没中！”她懊恼地喊道。

花生渣从她嘴里飞溅出来，掉在乔治面前。老先生盯着报纸，头也不抬，他面前的电视机处于静音状态。珀莱塔仔细观察着他，乔治让她想起了自己的丈夫。高大、清瘦，穿着还算有品位。他的头发浓密，在他这个年纪的男人里挺少见的，伊凡的秃顶就是最好的对比。但这些头发绝不足以掩盖乔治的缺点，凭着她跟那个守财奴老公生活了半辈子的经验，她认定乔治一定也是自私鬼。

朱丽叶特从洗手间里走出来，低着头，双眼通红。她随手拿起一块布抹了抹，然后拧开水龙头接了杯水，又朝着珀莱塔的方向苦涩地笑了笑。诺尔担忧的目光也投向了朱丽叶特。

这地方太奇怪了！珀莱塔倒要看看这厨子还有什么能耐。她重新看了眼钟，才四点零三分！我的天！这日子怎么打发啊！

伊贝利特突然从外面跑进来。他今天去菜场帮几个摊贩从车上卸货。

“哎哟，你总算回来了！”伊凡吼了一声，皱起浓密的眉毛，“我让你买的抹布呢？”

听了诺尔的建议，伊凡时不时会给伊贝利特派些小任务：砍些过冬需要的木柴，给花园除草，洗盘子……伊贝利特都会一丝不苟地完成。

“我马上去买，马上就去，伊凡先生。”伊贝利特被伊凡的责骂吓得不轻，赶紧应承道。接着又像为了给自己辩解似的，轻轻说道：“我给诺尔带了件礼物。”

诺尔吃惊地扬起眉毛，这眉毛可比伊凡的清秀多了。她笑了起来：“一件礼物，伊贝利特？送给我的？”

伊贝利特红着脸，从破旧的背包里拿出一团带有黑色蕾丝边的东西，这东西在旅店可不常见。

"伊贝利特！"伊凡粗着嗓子骂道，"我给了你二十欧，让你去给旅店买些洗碗的抹布，你居然用它来给厨师买睡衣！你觉得那东西能用来擦洗什么？"

一提到"那东西"，三个靠着吧台、刚喝完咖啡的住客吓得浑身发抖。

"不是的，伊凡先生，不是你想的那样！"伊贝利特着急地解释道。

诺尔一把抓过睡衣，藏到工作服里，她向伊贝利特致谢，然后以要赶紧做香肠的借口扯开了话题。伊贝利特无邪的笑容和亮晶晶的眼睛，真的很难让人狠下心去指责他。

"还别说，我觉得这东西挺适合我的。以前我也有这种睡衣。"马瑟琳娜说道。

"喊，你得先把你的大脚趾塞进去。"诺尔一脸不屑地转身回厨房，"还得留下垫海绵的地方……好了，别再瞎扯了……"

珀莱塔凝视着诺尔。一个念头突然闪过，那是种似曾相识的感觉。她苦苦思索，但毫无结果。她总觉得伊贝利特有什么不对劲的地方，但说不清楚是什么。

九

诺尔睁开双眼。月光倾泻在被子上。

她竖起耳朵，楼下厨房传来一声巨响，是锅被打翻的声音。

雷昂躺在她身边懒得动弹。闹钟刚好显示在五点。谁会在大清早搞出这么大的动静呢？还是在她的厨房里！

她感觉心跳飞快，于是披上睡衣，蹑手蹑脚地走下楼梯。木质楼梯在她脚下发出吱吱的声响，她吓得屏住呼吸。

不知道从哪个方向传来“咔嚓”的关门声。谨慎的雷昂趴在房门口的楼梯平台上望着她，眼睛在阴影里显得特别亮。

诺尔抄起过道里做装饰用的金属长棍，经过马瑟琳娜的房间时，听见里面传出巨大的呼噜声。

她停在通往底楼的台阶上。楼下餐厅的桌子都已摆好，为午餐做好了准备。

“伊凡？”诺尔叫道。

没有回应。于是她加大音量：“谁在那里？”

整个餐厅一片寂静。

适应了黑暗后，她看向吧台背面巨大的镜子，从那里能看到整个餐厅：桌上红白相间的格子餐布一排排反射在玻璃上。

她穿过餐厅，跑向“入侵者”的方向。与此同时，雷昂跑到了她的两腿中间，差点绊倒她。

“雷昂！总有一天我得死在你手里……”

她停下脚步，大声惊呼：“伊凡！伊凡！我们遭劫了！伊凡！快来！伊凡！”

伊凡连滚带爬地从楼梯上下来，半个肚子露在外面。

“怎么啦？什么事？发生了什么？诺尔！你这是干什么！大清早的……你拿着我的打猎棍干吗！”

诺尔手里握着冰箱的门把手，抬头望向伊凡。几小时前还放在这里的半打巧克力慕斯不见了，剩下一块掉在餐桌边；地面上散落着两块干酪蛋糕；还有块被啃了一半的柠檬挞掉在棋盘纹瓷砖上；一张椅子倒在这片狼藉之中……

厨房的玻璃窗敞开着，吹过一阵穿堂风，几片落叶被吹进餐厅。只穿着睡衣的诺尔冻得瑟瑟发抖。

伊凡快步跑向收银台，里面一分钱没少。旅店的正门和其他临街窗户都没有闯入迹象。

伊凡站在原地直摇头，胡子乱成了一团。非常明显，罪犯逃跑了。

“去把窗户关上吧，诺尔。这明显是小孩子的恶作剧。明天我给这扇窗加把锁，再去跟村里孩子们的家长通个气。”

诺尔紧皱眉头，清扫着地上的干酪蛋糕。

“别跟任何人说这件事。”伊凡叮嘱道，他明显急着回房睡觉，“别吓着房客。”

清理完现场，两个人先后回到房间，趁着太阳没出来，想补个回笼觉。

诺尔爬进被窝，窗外是叽叽喳喳的鸟鸣。

这起入室盗窃让她难以入眠。在旅店待了十五年，第一次发生这种事。谁会在早上五点盗窃一家餐厅呢？完全没道理啊！而且，为何伊凡看起来完全不担心呢？

她在床上翻来覆去，百思不得其解，为何伊凡还能高枕无忧地立马回房睡觉？

在诺尔楼下的房间里，伊凡也睡不着。天已经微亮，他睁大双眼盯着天花板，毫无睡意。

这次入室盗窃应该只是警告吧？接下去还会发生什么呢？今天是甜品柜被偷，下次是不是就偷收银台了？接下去呢？到底要到什么地步对方才会停止呢？伊凡愤怒地咽了口气。

他想到昨天收到的恐吓信，这是本月收到的第N封了。最后一封写得很清楚：勒索者的目标不是伊凡，而是诺尔。

为什么？怎么办？只有上帝知道，诺尔大概也知道。信的主人应该暗地观察他们很久了，才会把伊凡拉来做垫背。这是对方最好的选择：伊凡是旅店老板，是收钱的人。他还那么善良，连苍蝇都不忍心打死，一旦事情涉及旅店存亡，更是义无反顾。他觉得必须要为旅店的所有人和所有事负责，尤其是对诺尔。

伊凡蜷缩在床上，巨大的孤独感向他袭来。他该如何独自面对这一切？这些信，这些恐吓，还有入室盗窃……三十年来他第一次感到如此无助。还有那个神志不清的珀莱塔，明眼人都知道怎么回事。伊凡很同情她：被家庭抛弃，沉浸在狂想里，脑子稀里糊涂，儿子却完全不为她担心。

不，他并不是独自面对这一切，罗兰的身影浮现在眼前——他肩上扛着萨克斯风，脸上永远带着微笑。对罗兰来说从来没有大不了的事。“别发愁，哥！”他一定会这样说，“船到桥头自然直。”

远处，传来公鸡的啼叫。

真想把这只鸡的脖子拧断！要不今天就做红酒煨鸡吧！在乱糟糟的胡子下，伊凡深深地叹了口气。新的一天开始了，他艰难地从床上爬起来。

十

珀莱塔出门透了透气。

太阳刚爬上山，金色的光芒笼罩着整个村庄。天气很凉，整个旅店还沉浸在梦里。

老太太坐在矮墙上，看着一群小蚂蚁在分享一只金龟子。可怜的金龟子四脚朝天，任蚁宰割。小蚂蚁们撕扯着金龟子，不知它们会不会一起庆祝这次大收获呢？珀莱塔把金龟子的尸体踢远了些，小蚂蚁从四面八方重新爬到金龟子身上。

珀莱塔整夜未眠。她到现在还没收到上迦山养老院的注册表，在一切顺利的情况下，最快也得下周一才会寄出了。那个厨子还剥夺了她取乐乡巴佬老板的权利。

这女人真该下地狱！日子实在太无聊了！

一辆小卡车停在旅店门口。戴着鸭舌帽的司机吹着口哨下了车。他朝老太太点了点头，然后从后备箱里取出三筐新鲜蔬果，熟练地把货送进餐厅，飞快地跑出来，坐到老太太身边。

小伙子最多二十岁，他低头擦着球鞋上的土。珀莱塔注意到小伙子的球鞋异常雪白。

他从口袋里掏出一盒皱巴巴的烟，点了一支。

“看来今天还会很热！”

珀莱塔紧紧盯着小伙子的球鞋，回忆起高考前一个月的菲利普。那时的他留着长头发，穿着破洞裤，决定放弃学业，因为不想成为物质社会的牺牲品。如今这个每年换车的菲利普，去肯尼亚看动物迁徙的菲利普，依靠各大保险公司赚取高额年薪的菲利普，是她一手培养的。为了让他继续学业，她连哄带骗，各种威胁，最后以一台最新款的随声听，换来了菲利普以优异成绩从法学院毕业。

“利诱”总是最有效的办法。

“您刚来，对不对？”小伙子问道，“以前没见过您，我是保罗，是每天早上给旅店送蔬果的。菜是我爸自己种的，他的菜园就在费来德，您认识吗？”

珀莱塔紧紧盯着他，小伙子吸了口烟。

“麻烦您转告诺尔一声，今天没红椒了。我多加了一箱番茄做补偿。”

老太太没有回答，小伙子匆匆抽完了烟。

“那个……不说也没关系……”

他弹掉烟头，收起打火机，刚准备上车，珀莱塔拄着拐杖追了上来。

“你跟厨子关系好吗？”

小伙子皱起眉头。

“诺尔，那个厨子，她到底什么底细？”老太太追问。

看着小伙子迷惘的神情，老太太不耐烦了。

她从包里掏出五十欧，塞到小伙子面前。

“只要告诉我你知道的所有信息，这钱就归你了。”

“您脑子不正常吧！”

珀莱塔把手伸进包里，又掏出一张纸币。

“话都说到这份儿上了，就把你知道的关于老板的事也告诉我吧。”

小伙子久久凝视着老太太，然后摇摇头，坐上自己的卡车。

十一

老太太看着早上收到的信件，陷入沉思。

桌上放着一个白色信封，上面印着上迦山养老院的标志。

养老院负责人代表全体人员向她表示由衷祝贺，并欢迎她尽快入住艾莉姿套房。以套房的价格，珀莱塔完全不怀疑他们的诚意！

她摘下眼镜直摇头。无论如何，这都是一笔巨款。光是预付就几乎花光了她的全部积蓄。

若是平时，她一定会打个电话过去，跟他们讲讲真实的想法：凭什么收那么多钱！难不成是请法国总统来清洁泳池的吗？又或者高尔夫球场的草是拿镊子一根根养护的？

但是，有一点非常明确：账单肯定不能由她来付。光凭守财奴丈夫的那点遗产，怎么可能负担起那个地方？根本不要想。这事一定会让科里娜“高兴”的！也能让菲利普后悔莫及——给了母亲银行卡号。不是不报，时候未到！

珀莱塔从抽屉里取出支票本，双手颤抖着在后面签上了名。

正在签名的当口，她听到石子敲击玻璃窗的声音，吓了一大跳。下雨天髋关节总是特别疼，她艰难地从椅子上站起来，走过去打开了窗。

为了掩人耳目，又不想被雨淋湿，保罗躲在卡车里朝她做手势，让她过去。谁愿意在这种鬼天气出去！她会病死的！本想装作没看见，但在好奇心的驱使下，她还是戴上遮雨帽，穿上睡裙下楼去了。

餐厅空无一人。

空气中弥漫着雨天特有的清新气味，这让珀莱塔觉得很舒服。保罗拿外套挡着头，跑来跟她会合。

“唉，天气太糟了！不过下雨对收成好……”

真是个天真的孩子。

“我仔细思考了那天早上您对我说的话……”

“我听着呢。”

“您要明白，我本人非常喜欢伊凡先生。我爸爸生病那会儿，他和诺尔一日三餐给我们家里送饭……”

“但你需要钱……”老太太抢白道，“行了，把那套虚情假意的忏悔收起来吧，直接进入正题。”

几只蟾蜍在远处呱呱地叫。保罗点了支烟，把玩着粘在鞋底上的小石子。

“伊凡先生很受爱戴。他的祖父、父亲和他都出生在这个村子里。从他曾祖父开始就经营这家小旅店了，主要面向游客。以前……”

珀莱塔打断他：“他结过婚吗？”

“结过，跟维罗妮卡。她是蒙马兰人，不知道您有没有听过那个地方……”

老太太示意他长话短说。

“他们生了个儿子，叫亚当。我跟他是中学同班同学。维罗妮卡很讨厌这里。还真不是每个人都喜欢这村子……”他偷偷瞟了一眼珀莱塔，打算接着说。

珀莱塔却失去了耐性：“你就知道这些？”

“这里哪会有什么大事发生……等等，我想起来了！伊凡先生的弟弟出车祸去世了，那时候他还很年轻。您有可能听说过，这事还上了报纸头条……”

他以为这个消息能让老太太兴奋，但明显不成功。老太太打了个哈欠，一个外乡人怎么会对村子里的社会新闻感兴趣！

“这是个悲伤的故事。伊凡先生和弟弟罗兰是对双胞胎，外人看来一模一样。他俩都是音乐家。那晚，伊凡先生应该去参加演奏会，结果是他弟弟替他去的……”

珀莱塔想起伊凡不能动的半边脸，她寻思着他是从什么时候开始面瘫的……

“那个厨子呢？”

“诺尔吗？”

“不是她还能是谁。”

“那个……关于她……我真的不知道……”

看着珀莱塔略带威胁的表情，他吓得直往后退：“我发誓我尽力了！没人知道她的故事，连她的姓都没人知道！邮递员说从来没收到过她的信。我在网上都没找到有关她的任何信息！我真的尽力了！”他连珠炮似的说道。

“那其他人呢？”

“其他人？”

“其他房客呀！马瑟琳娜、乔治、伊贝利特……”

“您没问我呀！”

珀莱塔气得把他往外赶。

“可是珀莱塔太太，这个……”

她狠狠瞪他一眼，走进了旅店里。

十二

旅店的住客刚进入梦乡，雷昂突然发出一声可怕的吼叫。

诺尔被吓醒了，不祥的预感向她袭来。她敢肯定自己不是在做噩梦。入室盗窃案发生后，她没有一夜能安眠，总害怕有人半夜进入她的房间，掐住她的喉咙。

楼下传来一声巨响。她吓坏了，飞快爬下床，跪在薄薄的地板上，压着声音朝楼下伊凡的房间喊道：“伊凡……伊凡！快醒醒！他们又来了！伊凡！”

她把耳朵贴在地板上，什么声音也没有。

她重新抄起打猎棍，踮脚走下楼梯，来到一楼。

冰箱前站着的正是伊凡。他穿着短裤，痴呆般地盯着放巧克力慕斯的架子。

“伊凡？”

他毫无反应，转身去餐具柜里拿汤匙。

她不动声色地靠近他。

伊凡眼神呆滞地吃着柠檬挞，很多碎屑掉在脚边，嘴上还沾满奶油。

“伊凡！”诺尔吃惊地张大了嘴。

他的吃相难看极了，就像一只熊在着急地翻蜂窝、找蜂蜜。刚狼吞虎咽地吃掉柠檬挞，他又迫不及待地扑向巧克力奶油。诺尔悬着的心反而放下来，原来是这么回事，一个梦游的馋鬼……

看着这一幕，诺尔情不自禁地笑出声来。如果其他人看见，大概会被这幅画面给吓呆：诺尔穿着睡衣，手里拿着打猎棍；伊凡穿着拖鞋，把头埋在冰箱里翻甜品……

诺尔记得在哪里看过一篇文章，说是不能把梦游的人叫醒，但甜品消失的速度实在太快了。她赶紧走到另一边，把冰箱里为明天准备的焦糖布丁藏起来。她花了两小时才做完的甜品，可不能被伊凡给囫囵吞掉。

“伊凡，这些甜品是为客人准备的。”她凑近他耳边，轻声说道。

老板似乎并没有听到。几分钟后，他终于放下勺子，挠了挠没知觉的半边脸，迈着沉重的步子回房去了。

诺尔跌坐在椅子上，她从没见过这样的夜游症，是时候和伊凡好好谈谈了，总有些事不太对劲。

十三

珀莱塔悄悄把信塞进手提包，穿上舒服的鞋，戴上帽子，飞快地出了门。

她需要喘口气！这里太让人受不了了。尤其是那个马瑟琳娜，她一天到晚只会刮彩票，或者跟人八卦一些无关痛痒的新闻。天气实在太热了！旅店里没有一丝风，唯一的风扇放在角落里，把热风吹向整个房间。

时间还早，珀莱塔决定去邻村。她的目的地是那里的小邮局，还有理发店。

雷昂站在矮墙上瞪着老太太，摇着尾巴冲她喵喵叫。老太太挥手想把它赶走，它却纹丝不动。珀莱塔特别讨厌整天到处溜达的雷昂，在枕头上都找到过猫毛！简直让人觉得——它是要把自己的举动向那个厨子汇报。小猫离开视线后，她嘴里还在骂骂咧咧——蠢猫！

珀莱塔把手提包挎在肩上。给上迦山的支票今天就该寄出了。她在合同上模仿了菲利普的签名，并把之后的账单寄送地址改成了菲利普的住址。

有头奶牛挡住了去路，还有只苍蝇围着她嗡嗡地飞，她一如既往地用手挥开。沥青道路被阳光照得油亮，她擦了擦额头的汗。背后突然传来喇叭声，一辆白色小货车转眼停到她身边。“佩蒂让父子”几个大字印在汽车侧面，五颜六色的蔬果堆在后车厢，上面裹着一层薄薄的尘土。

“我顺路送您吧。”隔着车门，保罗向她喊道。

他终于派上用场了，绝对不能浪费机会！

珀莱塔借助踏板爬上了副驾驶座，坐定后深深地喘了口气。保罗今天刮了胡子，整个人看起来干净利落，跟他的白色球鞋一样毫无瑕疵。

“今天会变得很热吧？”他边说边挂挡，发动了汽车。

老太太没好气地说：“还不够热吗？”

“您要去哪儿？”

“邮局。”

保罗吹着口哨，开起了车。

电台主播正在播报世界新闻：太平洋某岛国发生了海啸；拉斯帕马斯发生一起翻车事故；投票选举涉及政治丑闻……最后是体育新闻，这是唯一能让人相信地球还不至于毁灭的轻松新闻。

保罗抗议道：“这些人总花大把时间来告诉我们坏消息：某个女士死于非命啦，某地庄稼欠收啦……但事实上，只要花心思，我们就能发现很多好消息，对不对？”

保罗越来越熟悉珀莱塔的臭脾气，完全不在乎她是否回应。他换了频道，听到收音机里传来让-雅克·戈德曼的老歌。珀莱塔惊讶地发现，保罗居然会唱这首歌。

过了会儿，小货车减速进入了小路，他们来到鲜花盛开的邻村。保罗一路按喇叭跟各种人打招呼，最后把车停在一条林荫小道上。

“好了，您到了。”

珀莱塔摸索着，想寻找门把手。

“那个……实际上……我想跟您说……”

“说什么？”珀莱塔吼道，其实内心深处的她并不想表现得那么粗暴。

保罗看了她一会儿，转过头去。

“没什么，算了。再见，珀莱塔太太。”

老太太在破了洞的副驾驶座上等了会儿，感到热气涌进了驾驶室。她拿起拐杖下了车，背影消失在一棵栗子树的树荫下。

邮局还没开门，珀莱塔暗骂村民的懒惰。她转过头来，看到旁边有个小酒馆，院子里摆着红白相间的遮阳伞。

酒馆里挺凉快，天花板上垂着一根捕蝇条，上面粘着好几只黑乎乎的死苍蝇。苍蝇翅膀随天花板上风扇叶片的转动而微微摆动。珀莱塔走到一张小桌边上坐下来，先点了一杯冰茶。

“再来个羊角面包。”她大声喊道，生怕吧台后面的老板娘听不见。

老板娘正卖烟给一个穿工作服的青年。这个青年皮肤被晒成古铜色，头上戴了顶褪色的鸭舌帽。“再来两张彩票。”青年说道。

这个酒馆里卖的烟和彩票几乎一样多。珀莱塔觉得，这块几乎被法国遗忘的土地太死气沉沉了。她喝了口冰茶，感觉凉爽了起来。虽然桌子油腻腻的，椅子也是坏的，但此刻至少有冰块在杯子里叮当作响，就已足够。

她咬了一口已经微微变硬的羊角面包，听到老板娘对着伸手接彩票的人喊道：“前三名和前四名都赌赢了！赢了五百八十五欧，只花了四十五欧的赌注！厉害！”

有个脸颊通红的客人鼓起掌来：“太棒了，先生！照这个节奏，您是要帮我们把赛马赌博的最高奖金赢回来了！”

“再给我倒杯酒！”旁边穿着短裤的人对着服务员喊道，“这一轮乔治先生请客！”

珀莱塔吃惊地抬起头，看到乔治站在吧台边，正跟那两个壮汉干杯。他手里拿着账单，一脸尴尬。

“来来来，跟我们分享一下您的经验，乔。能叫您乔吧？”其中一个人问乔治，“您是怎么押得那么准的？今天我们该赌哪匹呢？”

“呃……这个……”乔治吞吞吐吐。

“来吧，别卖关子了！赶紧分享一下。”

他抢过乔治手上的《前三名独赢*》杂志，指着封底的马，说道：“这匹！果园王子，这名字挺好听的，四号。这匹马会赢吗，乔？”

“我要是你，就不会在这匹马上下注……”

“那押哪匹？快告诉我们。”

“这个嘛……海边赛共长一千六百米，是条沙土赛道。我更推荐你押艾蒂科斯，这匹马上次跑第三，而且在草场道跑过第一。它习惯跑这种赛道，有经验……”

“你听懂他说的话了吗？”红脸大汉问他邻座。对方贪婪地喝着波尔图酒，摇了摇头。

乔治拿起一张折过的纸，写下几个号码，递给他们。

“拿着。‘前五名独赢’的彩票是两欧。我要是你们，就赌这个。”

两个醉汉接过纸，点点头。

乔治趁机拿回自己的杂志，重新埋头研究起来。

他找了张桌子坐下，点了杯咖啡。服务员离开后，他突然看到了珀莱塔。他的脸瞬间转白，珀莱塔则向他投去灿烂的微笑。

“您就是传说中的爱马之人！”她用略带夸张的口吻说道。

“噢，早安，珀莱塔太太！”说完，他赶紧埋头看向杂志。

“我年轻时也有匹很喜欢的马，它叫布尔登，准确来说是匹

---

* 前三名独赢是一种法国很流行的赛马赌博玩法。

小马。您年轻时养过小马吗？”不等他回答，珀莱塔取下帽子，坐在他对面。

“这些苍蝇真讨厌，让人受不了！我都听不见您说话了。”

乔治紧张地东张西望，他突然想起老太太的精神不太正常，瞬间就释然了。

珀莱塔举起自己的冰茶，要跟乔治的咖啡碰杯。

“敬胜利，敬马蹄！马的鞋子最重要，是不是？”

乔治小心翼翼地跟她干杯，生怕咖啡被热情的老太太给撞撒出来。

“您不吃搭配咖啡的饼干吗？”珀莱塔边问边拿过饼干，一口咬下去。她现在明白报纸对于乔治的重要性了，也理解他为什么总盯着伊凡的电视机，因为他嗜赌。

“我最喜欢小马跑起来的韵律感。一二！一二！我记得骑马的时候屁股不能紧贴马鞍，您还记得当年骑马的事吗？”

乔治摇摇头，他对于那些纸的兴趣远超过与珀莱塔对话。

“您赌博赢了很多钱吗？”珀莱塔压低嗓门问道。

乔治放下报纸，脸涨得通红。珀莱塔知道自己命中要害了。

“并没有。这个……这取决于您怎么定义很多了……”他赶紧扯开话题，“您是步行过来的吗？”

她突然想起，自己得在中午前把支票寄到上迦山养老院去。想到支票上的金额，她忍不住笑起来。

“今天在这里遇到您很高兴。”珀莱塔边说边起身，“祝您愉快，乔治先生！对了，还要祝您跟您的小马都有好运气。”

她朝他挤挤眼，转身离开了。只留下玫瑰和橙花的香气。

乔治长舒了口气，赶紧整理思绪。这个每天前言不搭后语的珀莱塔没什么可怕的，只要借给他钱的那些人不知道他如何挥霍，一切照旧。想到这里，他重新把头埋进报纸，开始研究前几次赛马的数据。

十四

一连串气泡从她嘴里涌出来。

朱丽叶特躲在泳池中央的水底，大声喊叫。她用尽全身力气，把她的不安、恐惧和孤独大声释放出来，直到必须呼吸，才浮出水面。然后狠狠吸一大口气，再次躲到水底继续呐喊。在水底她听不见声音，只能感受到沉闷。

她憋着气潜在水里游了好几米，直到脑袋因为缺氧眩晕，才浮出了水面，倚着池壁继续屏气潜水。她瞪大眼睛，望着水波下的双腿——细细的腿在水里仿佛是透明的。她看向自己的肚子，暂时还是平坦的，还有多久就要瞒不过去了？游泳池底渐变的蓝色瓷砖显得自己更加苍白。

她感到脉搏越来越快，几近窒息。只要再多坚持几分钟就够了。沉入水底，放弃一切，在水中任何事都将被遗忘。视线会模糊，瞳孔会扩大，水将带走一切，带走自己，带走她的二十五个年华、她的烦恼，还有其他一切。

朱丽叶特的脑袋开始眩晕，耳朵嗡嗡作响。她马上就要去和外婆见面了，谁会在意她失踪了呢?

她唯一担心的是旅店会因此忙乱一阵。但是没关系，他们能找到替代的人，生活会继续的。

时间一分一秒过去，水底的世界寂静无声。她的身体在呐喊，让她尽快浮出水面，重新获得氧气，无论用什么方法。她的心脏在身体里有力地跳动，仿佛是在领导士兵的将军。她坚持着，更用力地咬住嘴唇，渐渐感到失去了意识。

突然，一声哨响。朱丽叶特如梦初醒一般，猛然蹬腿浮上水面。她张大嘴大口地呼吸，急迫地喘着粗气，竟侥幸活下来了。她猛烈地咳嗽起来，呛得满眼泪水。

一个熟悉的声音在不远处响起："喂，干什么呀！我要是挡着道了，你倒是说话呀！溅那么大水花干什么！"

珀莱塔正缓慢而优雅地沿着泳道游着，边上一个游泳健将超过了她。珀莱塔以蛙泳姿势温柔前行，几乎没激起任何水花，却被那个动作幅度很大的"健将"溅了满脸水。对方没有理会她，继续游出很远。

珀莱塔立刻去跟游泳教练投诉："年轻人，别告诉我你收了钱不干活！我十分钟前就差点儿溺水了，你可什么都没干！这个人一直在打扰我，非要我游快点儿。难道我连游慢点儿的自由都没有吗？！"

被老太太指着鼻子骂的教练，看着只有他三分之二高的珀莱塔，尴尬到不知如何作答。珀莱塔气鼓鼓地裹着浴巾离开泳池，嘴里还在骂骂咧咧。

在泳池另一边，马瑟琳娜和诺尔围站在小池子里。乔治站在齐腰深的水里，带领他们做水中健身操。几周来，旅店小家庭把这位碧蓝眼睛的老先生指定为新的体育老师。游泳、网球和慢跑，他的主要职责就是鼓励大家一起动起来。这个主意来自马瑟琳娜，她视八十多岁但依然保养得当的乔治为榜样，担心自己再不运动就要生锈了。

“现在我们举起手，开始跳跃，十，九，八，七……”

戴着花泳帽的马瑟琳娜卖力地练着。她在水里努力吸气、吐气，动作笨拙地模仿着乔治优雅的示范动作。跟雷昂一样，对水毫无兴趣的诺尔倚靠在泳池边。另一边的伊贝利特则不断跳水，兴奋得像是第一次看到大海的孩子。

诺尔做累了“美人鱼”，在人群中搜寻朱丽叶特的影子。后者正目不转睛地注视着儿童戏水池，轻轻摸着脸颊。诺尔觉得这姑娘最近一直有意避开她，不是干完活不见踪影，就是看完电视逃回房间。她们最后一次聊天是什么时候来着?

马瑟琳娜脸颊红红的，朝她喊道：“诺尔，快来！我们来这里可不是为了蹚蹚水！赶紧来啊！”

乔治带她们做了一组新动作。这几分钟的运动对诺尔来说简直像过了一个世纪！她逃上岸，不想再被马瑟琳娜溅一脸水。

“你们继续！我没力气了。”

马瑟琳娜一边努力运动，一边朝乔治笑，确保每个动作都能让“老师”看到。诺尔笑着向池子另一边的伊贝利特打了声招呼。伊贝利特用欢乐的表情回应了她，然后就去水上滑梯那边玩儿了。

诺尔在土耳其浴室里找到了朱丽叶特——她正眼神空洞地望着地。

诺尔带了个擦澡手套和一袋黑肥皂，回到了熟悉的地面。在闷热的木屋里，她示意朱丽叶特给她搓背。裹着毛巾的朱丽叶特毫无反应地抬起头，接过了手套。

“你看到珀莱塔怎么欺负教练的吗？”诺尔笑着问。

朱丽叶特没有回应，诺尔担忧地望了她一眼。

“给我搓澡累了，是吗？”

“没事。谢谢关心，诺尔。”

朱丽叶特缩在浴室一角，她的脸在蒸汽里若隐若现。屋里很安静，只听到天花板上落下的水滴声。

“亲爱的，你还好吗？”

诺尔睁大眼睛，紧紧盯着朱丽叶特。诺尔有双大眼睛，睫毛很长，几乎要碰到眉毛。她是那种特别温和善良的女人，让人想躲在她怀里，永远不离开。

“我没事。”

诺尔挪到她身边，蒸汽石散出的暖意让她通体舒畅。

“你确定没事？”

还没摸到朱丽叶特的手，诺尔就看到一滴泪水从她脸颊滑落，紧接着又是一滴。小姑娘的下巴颤抖着，诺尔赶忙把她搂到怀里。

“哦……不，朱丽叶特，发生什么事了？”

朱丽叶特没有回答。

“告诉我！我从没见过你这样。”

朱丽叶特只是安静地哭。尽管诺尔很温柔，却仿佛触及了朱丽叶特最痛苦的记忆，泪水不停地滑落。

“好了……好了……会没事的。”

诺尔抱着她，轻轻拍着她的背。

“我……”朱丽叶特呜咽着，不知从何说起。

她深吸了一口气：“我怀孕了。”

怀孕了？诺尔觉得天旋地转。

“什么？但……但是……怎么会？”

她万万没想到会是这样。无数问题浮现在她的脑海，朱丽叶特准备好当妈妈了吗？该为她感到高兴吗？谁来照顾她呢？

“我不知道，诺尔，什么都不知道。可能是我表姐结婚那次，那个……大概是五月放假那几天。”

诺尔回忆了起来。那次，朱丽叶特放完假回来，看上去的确无精打采的。

“那你……差不多有……三个月了？”

“是的。”

诺尔沉默了。她仔细观察朱丽叶特尚未显怀的身体，想到一颗小小的心脏正在她身体里跳动，忍不住更紧地搂住她。

“你现在感觉怎么样？”

“我不知道，不太好……”

又有一滴泪滑落。

“孩子的爸爸是？”

她感觉朱丽叶特的身体僵住了。

“你会告诉他吗？跟他说过没有？”

朱丽叶特挥挥手，想终止这个话题。诺尔紧紧握住脖子上的吊坠，她明白朱丽叶特也不知道答案。这样也许最好，毕竟男人靠不住，她自己也栽过跟头，只是不由自主地为朱丽叶特担心，那么年轻就做单亲妈妈，没人在她身边保护她、照顾她。

诺尔拉住她的手，亲吻她的额头：“这下雷昂可高兴不起来了。是时候有人追着它跑，拉拉它的耳朵和尾巴了，我跟你保证！”

“诺尔，我不想让任何人知道这件事，尤其是伊凡先生。”朱丽叶特满含热泪，忧伤地说道，“我需要这份工作……”

“但是……”

“我还有几天时间考虑，是不是要留下这个孩子。”

刹那间，诺尔心中充满悲伤。旧日刺痛心扉的伤痛，那被勇气和拒绝所埋藏在内心深处的伤痛，又被翻了出来，排山倒海般向她袭来。她紧紧抱住朱丽叶特，泪水滑落在她的发间。她轻轻用母语哼起了家乡的小曲：

♪

睡吧，我的宝贝，

晚饭还没做好。

睡吧，我的宝贝……

她们长久地抱在一起，浴室的热气弥漫开来，包围着她们。最后，两个各自怀着沉重的心情，回到更衣室。

十五

“乔治先生？我帮您把干净衣服拿上来了！”

朱丽叶特再次敲门。她急着想把笨重的洗衣篮放下来，于是拧了一下把手，推门走了进去。

这是朱丽叶特第一次趁乔治不在进他的房间。算了！她还赶着给珀莱塔太太送热水袋呢。尽管伊凡反复强调没有义务满足房客五花八门的需求，但是朱丽叶特就是学不会说“不”，更何况是对着珀莱塔太太。

“乔治先生？”

朱丽叶特打量着房间。里面非常整洁，甚至可以说太整洁了，连挂在椅背上的羊毛开衫看起来都像是刻意的设计。

朱丽叶特把篮子里的干净衣服拿出来，还在柜子上放了几双袜子。一不小心，有双袜子落在脚边，她弯下腰去捡。书桌底下的有个纸盒吸引了她的注意：纸箱靠着墙角，不仔细看根本察觉不到。这是个帽盒，已经泛黄，看来有些年头了。里面放着什么呢？为什么乔治先生把一顶帽子放在处理书信的书桌下面呢？

朱丽叶特重新打量了房间：一张四角大床，一个小小的五斗橱和一个肯定塞不下盒子的小壁橱，哪里都不像能藏宝藏的样子。说不定这纸盒里装的就是宝贝！又或者，盒子里只是装着乔治先生收藏的录像带，或者落单的袜子。

她爬到桌下，抓到了盒子。

突然，外婆的脸浮现在她眼前——她不是一直教育自己少管闲事吗？她不是总告诉自己要跟别人保持距离吗？

对外婆来说，“别人”就是指经常聚在一起喝下午茶的街坊太太们。比如邻居萨巴特耶太太，她总是给朱丽叶特刚出炉的小蛋糕吃，但外婆总是告诫她：“朱丽叶特，如果一群人总聚在一起，很快就会没话题，所以不可避免地要嚼舌根，说别人闲话。永远不要做长舌妇，记住，沉默是金，我的宝贝。”

因此，大部分时间朱丽叶特都和外婆单独待在公寓里。她们一起看《动物世界》，玩接龙纸牌，做糕点。母亲自杀以后，她一直跟着外婆。

朱丽叶特正打算把纸盒推回原地时，门突然被推开。

“小姑娘！被我抓到你在乔治的房里乱翻了吧！”

惊恐的朱丽叶特猛地站起身，差点摔倒。站在她面前的正是珀莱塔。

“不是您看到的那样，珀莱塔太太！我……我只是进来给乔治先生送衣服……”

穿着睡衣的老太太居高临下地看着朱丽叶特。银白色的头发和瘦削的脸让她看起来像个芭蕾舞老师。那种管你疼不疼——还是要你压肩、压韧带的老师。

她拿拐杖敲着地板。

“行了，行了，赶紧给我找热水袋去！我等了快要一小时了！你是要我等死吗？快去，跑快些！伊凡要是知道你这么打发时间，一定会很不高兴哦！”

朱丽叶特害怕地睁大了眼，赶紧跑进走廊。老太太冲着她的背影骂骂咧咧，直到朱丽叶特消失在她面前。

她也看到了朱丽叶特准备放回去的纸盒。乔治还真会制造神秘感呢！珀莱塔拿拐杖把神秘的箱子钩到身边，费力地弯腰，把纸箱抱起来，坐到床上，把盒子放在膝盖上。

她用手轻轻抹去盖子上的灰尘，手指在岁月的摧残下已微微变形。纸盒上面依稀可见已经褪色的几个字——

无数画面在老太太脑海中涌现——乐蓬马歇百货公司！

巴黎乐蓬马歇百货公司

布西科贵族商店

她第一次进入这个商场时，应该只有四五岁，个头还没有柜台高。妈妈怕她在迷宫般的丝绸、帽子和布料中走丢，紧紧拉着她的手。珀莱塔无比快乐地探索这个属于现代女性的“帝国”。

她父亲极少允许她们去逛商场，对他而言女人只能附属于家庭。这反而催生了珀莱塔对百货公司的好奇心。小孩在这里会被宠坏，因为商场会给每个孩子发红气球，绕在他们手腕上，带他们玩滑梯，还给“乖孩子”送彩色画，那些画上是穿花边小短裤或者丝绒小短裤的小朋友，他们在摘玫瑰花或者拆新玩具。珀莱塔珍藏了很久那些收到的画，但它们还是在某次搬家后遗失了。

有一次，妈妈去买手笼*。她至今仍记得那时手上的皮草味。她还记得，那天有位女士因为盗窃一样小东西而被逮捕——好像是双丝袜？百货商店的出现也造就了一批惯偷。

珀莱塔小心翼翼地掀开盒盖，里面杂乱地躺着十几封手写信。老太太满意地扬起眉毛。

通过信上歪歪扭扭的字迹可以确定——这些信的作者是同一个人，墨水已经有些褪色。有些信上还画着小图：这边有座开满鲜花的小屋，那边是巴黎的某条街道，不远处还有座栈桥。

老太太把手伸到盒底摸了半天，没能找到信封，也看不出收信人或寄信人。她戴起挂在脖子上的老花镜，随意地浏览了几封信，很明显信的排列没有规律。她的强迫症又犯了，于是把信按照日期整理好，发现它们写于1953年至1955年间。

她遵守社会规范够久了，决定拿几封信藏在口袋里。既然盒子盖上积了那么厚一层灰，可以断定乔治很少打开这个纸盒。事毕，她用脚把盒子踢回原位，出去关上房门，回自己房间去了。

过了一会儿，忐忑不安的朱丽叶特拿着热水袋，魂不守舍

---

* 用于保暖的服饰附件，两端开口，可以把双手放入保暖。通常用皮毛或织物制成。

的，差点在走廊里撞到马瑟琳娜。后者被吓了一跳，下意识地拉紧胸前睡衣的衣襟。

“朱丽叶特，乔治先生不在房里吗？”她困惑地问道。

“没，他还没回来。”说完，朱丽叶特加快脚步，向另一只穿睡衣的“母老虎”房里走去。

“朱丽叶特。”珀莱塔在走廊尽头的房里喊道。

朱丽叶特赶紧收拾心神，道歉离开。她心跳飞快，整个人都在颤抖。如果珀莱塔向伊凡先生告发她怎么办？她会失去这份工作，流落街头。

朱丽叶特生性悲观，觉得世界充满威胁。她高中没毕业就退学了，童年在她的记忆里充斥着捉弄和羞辱。那时候的她一直穿着外婆的旧衣，对于当红歌手和电影完全不了解，在同龄人眼里就是怪物。对于其他人来说，她脸上似乎贴了张“最佳嘲弄对象”的标签。她喜欢跟老年人一起躲在这个偏僻的旅店，过着规律的生活。照顾别人能让她忘掉苦痛，这里很适合她。如果离开，她还能去哪里呢？

珀莱塔钻进被窝，把热水袋放在腰上。朱丽叶特帮她盖好被子，关掉床头灯，跟她道了晚安。出门前她停下脚步：“珀莱塔太太，关于刚才那件事，我……”

“别来烦我。”

“但我不是故意的……”

“出去！我让你出去！”

朱丽叶特道歉后离开了。

一直等到小姑娘的脚步声消失在楼梯口，珀莱塔才用瘦削的手指打开床头灯。她靠着枕头慢慢坐起来，打开床头柜的抽屉，嘴角带着一丝兴奋微笑，略带期盼地翻开第一封信，读了起来。

十六

1953年2月20日，在海上

我的葛洛丽亚：

经过两天的航行，我终于下决心给你写信了。

不知道你什么时候可以收到，我的思绪很乱。

我不想再提纽约的最后一夜，能告诉你的是，那是很长的一夜，又仿佛很短。我什么都不怕，唯独担心太阳升起前，你一言不发。

我想过留下，并不想回到我那恶魔般的父亲身边，听他喋喋不休的教训。但你明白的，儿子会因妈妈而心软。我一直想着妈妈——她正独自在巴黎的小公寓里受苦，等我回去和她团圆。

我带着你的船票，一直在等你，葛洛丽亚。

直到开船为止，我都在等你。若不是水手告诉我，我再不上船就要起锚了，我依然会在码头等你，期待你身影的出现。

这一切太让人痛苦了！

我内心总觉得你会来。如果我不在身边，那里就没有值得你留恋的东西了。这是你自己说的，对吗？

而现在，我一个人在船舱里写信。站在甲板上，手指冻僵了。这艘船毫无装饰，冷冷冰冰。到处都是铝合金，没有些许木头来慰藉我的心。木头能让我想起——你的高跟鞋和修长的双腿在地板上舞动转圈的样子。你看，这才是能让我温暖的事。

而这里没有木头，船长很怕他的巨轮会着火。有人告诉我，船长为了证明这艘船不会失火，特意当着记者的面用火柴点燃了毯子，他觉得这艘船是世上最坚固的东西。嘁！照我说，这艘船早该吞噬在熊熊火焰之中了，就像泰坦尼克号撞击冰山一样壮烈。

葛洛丽亚，我很痛苦。我的身体很痛。紧拥过你的双臂，伴你漫步曼哈顿的双腿，在出租车里与你交握的双手，和你一起微笑过的脸庞，害怕会把你遗忘的双眼，我身上的一切都让我想起你。甚至两根画着蓝白图案的红色烟囱，也仿佛能让我看见你穿着水手服站在这里的样子……

你是那么美，葛洛丽亚！

一到巴黎我就会给你寄新的船票。我知道你会来。

先写到这儿吧，马上就要提供午餐了。

尽快往巴黎给我写信，让我安心。

吻你，疯狂地爱着你。

之后的段落被划掉了。

珀莱塔低下头，仔细辨认“作者”想隐藏的内容。被划掉的是真正让人痛苦的，不是吗？那才是内心所想而理性不允许表达的想法。

鼻子快贴到信纸上了，她依然没看出任何端倪。

所以，就是这样？一封满含深情的信？写给离开他的女友的信？乔治就是作者吗？珀莱塔不难想象——年轻的乔治真诚地向第一个接近自己的舞女示爱的样子。还是个美国人！说起来倒挺有异域风情的。

珀莱塔忽然生气了。她在这些小事上浪费了太多时间！薯条、奶牛，还有这些令人作呕的情书！简直太可笑了！

她懊恼地把这些信胡乱地扔进床头柜的抽屉，双手抱胸坐在床上。她在这里待了两周，儿子还是杳无音信。有可能是伊凡故意把她留在这里？或许他根本没给菲利普打电话，而是打算把她圈在这里收房租？

珀莱塔感觉自己像头困兽。

她要是有部手机就好了！天知道菲利普为什么总换手机号码，她已经放弃去记那些号码，免得要在那些语音信箱里留言。

她迅速披上睡袍，穿上拖鞋，向底楼走去。楼下，伊凡独自坐在扶手椅上，抽着烟斗。

"你收到过我儿子的回复吗？"她直奔主题。

伊凡惊讶地回头："晚上好，珀莱塔太太。没有，我也很难过，我给他留了很多信息，但他没给我回电话。我猜他在非洲不太看手机……"

"胡说八道！你保证打过电话了吗？"

伊凡叹了口气。他站起来，大概是不想扭头说话了。

"珀莱塔太太，我向您发誓……"

"我才不在乎你的誓言，明白吗？就像我不在乎你的薯条、蜗牛和莴苣一样！还有你的游戏，你家厨子做的西葫芦，乔治的体育课！我都不在乎！"

"珀莱塔太太，冷静……"

"别来指挥我怎么做！给我电话，我自己打！所有事情！所有事情都必须靠自己才能完成！"

伊凡望着她，被她愤怒的情绪吓到了。

他走到收银台后，把菲利普的号码抄在一张纸上，递给她。

珀莱塔从他手里抢过纸，转身回房。

她拄着拐杖上楼的"咚咚"声和重重的心跳交相辉映。她拉着楼梯扶手，痛苦地登上最后几级台阶，可还没回到房间，就听到旅店大门被打开的声音。

一个六十多岁的男人迈着沉重的步伐走了进来，他胡子浓密，鼻子坚挺，手上还戴着戒指。他斜倚着吧台，卷起来的皮衣袖管下可以清晰地看见一部分手臂纹身。

“酒吧关门了，先生……”

男人却忽略了这个信息，慢慢走到收银台边，坐上金属高脚凳，饶有兴致地看着伊凡。他从口袋里掏出一支烟，慢慢点燃，眼睛却没离开伊凡。他吸了两三口，吐出了一个大烟圈。

过了一会儿，他终于打破沉默：“您很幸运，知道吗？”

伊凡大感不妙，他忍不住瞥了眼时间，粗着嗓子坚持道：“我跟您说了，酒吧关门了。”他向吧台走去，站到了收银机后面。

那男人的眼睛始终跟着他。

“我要一杯啤酒。既然您如此盛情邀请……”

“你是谁？”

“你的最佳盟友。尽管你似乎还没意识到。”男人一字一句地吐出每个音节。

“你想做什么？”

“当然是帮助你。”

伊凡保持沉默，心简直要从胸口跳出来了。是不是该报警？

男人拿过一个杯子，往里面弹了弹烟灰。

“生意还好吗？”他挑衅地问道，声音沙哑暗沉。他清了清喉咙，往地上吐了口痰。

“我没钱给你。”

为了向他示好，伊凡示意他喝酒。戴着大戒指的男人咧嘴一笑，露出又黄又乱的牙。他吞了一大口啤酒，把杯子放回杯垫。

“你的旅店非常吸引人。虽然偏僻了些，但蛮温馨的……”

他强装的微笑突然消失了。

“我不是一个很有耐心的人。”

伊凡转过身，把滚烫的玻璃杯从洗碗机里拿出来，放上碗架。他微微颤抖着，经营旅店三十多年，还从没遇到过这样的人。话痨、醉鬼、吃霸王餐的都有，但这种一看就很危险的人物，从来没有。

他跟自己最近收到的恐吓信有关吗？在吧台下面，伊凡看到一把切肉刀，他准备在需要的时候拿来一用。

“你指望我做什么？我没什么可以给你，重要的是，我没什么可隐瞒的。”

男人看着他，脸上带着一丝嘲弄的笑。伊凡极不自在地咽了咽口水。

“跟你聊天很愉快。”男人站起身，说道，“等你想清楚了我再来。”

他把剩了一半的啤酒留在柜台上。他站起来的时候，伊凡清楚地看见一把枪别在腰间。

“代我向诺尔问好。”他背对伊凡，轻声说道，然后慢慢走向门口，停在门槛上，把烟扔进桌面上一个装饰用的小花瓶里。在听到隔热棉卷毡摩擦的声音后，旅店的玻璃门重新合上，不一会儿，门口传来汽车发动的声音。

因为失望和气愤，情绪紧张的伊凡眼里噙着泪花，心跳和脉搏都加快了。他捏紧拳头敲着吧台，吓得刚从花园进来的雷昂立刻逃了回去。

楼梯上的珀莱塔一动都不敢动。她背靠墙壁隐蔽起来，一字不落地听完了两人的对话。很明显伊凡惹上麻烦了。尽管她非常想搞清楚来龙去脉，但潜意识告诉她，最好远离这里的是非。想远离是非，就要尽快离开这里——去上迦山。

伊凡给门上了两道锁，关上了灯。

十七

夜幕降临。

一朵含苞待放的玫瑰似乎很快就要开了。伊凡坐在花园里，沉重地望着天空，心情久久不能平复。世界什么时候变得那么复杂了？在他的记忆里，父亲会在夏日的花园里和冬日在炉火边，为客人送上手工薯条，用灿烂的微笑叫着熟客的名字，再端上一碟油橄榄。他的祖父也是如此。那个时候，没人会上门来威胁你，问你要钱。

他抬头问天上的父亲，自己该怎么做？天上的星星沉默地闪耀着。该怎么做呢？在伊凡的天空里，充满着善解人意的星星，其中当然也有弟弟罗兰。这些至亲都离开得太早了。

伊凡记得那些温柔的岁月。他和双胞胎弟弟拿着滑板，去勾搭附近的姑娘；一起躲在椴树的树荫下，喝柠檬汁；身段曼妙的姑娘崇拜地看着他们，听他们吹嘘自己的英雄事迹；还有那些打牌的夜晚，他和罗兰总能赢走所有筹码，他们有足够的默契来玩诡计，一个眼神就能知道怎么配合。

一股愁绪将他吞没。船到桥头自然直，俗话是这么说的吗？伊凡把手伸进风衣口袋里，掏出烟头，缓缓点燃。这时，诺尔走了过来，手里握着一杯酒，悄无声息地坐了下来。

老板脸色阴沉，表情疲惫，上下颚有规律地间歇性抖动着。

“一切还好吗？”诺尔轻声问道。

伊凡眼都不眨，出神地望着远处朦胧的田野。半明半暗间，他们影子也变得模糊不清，只能看到伊凡颜色不同的两只眼睛——两只明亮但不对称的眼睛。

当诺尔向他道别准备回房时，伊凡打破了沉默：“需要给薄荷浇水了，它看起来渴极了。”

诺尔点了点头。远处传来一阵狗吠。

“糟糕的一天……”伊凡摇了摇头。

他站起身，拿过水管，按照次序浇灌每株植物。流水灌入小菜园中，潮湿的泥土味蔓延在夜晚的空气中。罗勒叶和薄荷叶的浓郁香气涌入诺尔的鼻子。

伊凡先给丁香花、苹果树和含羞草松了松土，最后给梨树松土，他总把梨树留到最后。流水声渐渐变为泥土吸水的声音，这把他带回最单纯的状态。他们家到底有几代人曾站在这里安静地松土浇水，欣赏大自然呢？这片景致总能带给他安全和温暖。在黑夜即将到来的时刻，这又像一个承诺，承诺未来一定会更好。然而今天，这份纯粹的劳作没有给“园丁”带来内心的宁静，也没能赶走他的不安。

诺尔早已习惯这种相处模式，她安静地观察老板。他看起来那么脆弱，弯腰弓背，小心地呵护每一棵植物，仿佛其他事都变得不重要。但是她太了解他了，不可能察觉不到他今晚低落的心情。她觉得胃里仿佛打了结，异常难受。

伊凡把水管小心地收起来，仿佛对待灵巧的蛇一般。然后他坐在椅子上，看起来非常疲惫。

他们再次陷入沉默，各自注视着天空。

周围一片寂静。如果他们的听觉和雷昂一样灵敏，就可以听见天空中星星的低语。

"伊凡……"诺尔突然开口，"我知道是谁盗窃了甜品，你一定不会喜欢这个答案的。"

伊凡坐直身体，皱起了眉头。他从嘴里拿出烟斗。

"谁？是谁？"

诺尔看着他，不说话。

"米埃尔家的孩子？维埃丽娜·帕尔门第的儿子？一定是米埃尔家的孩子！我就知道！我要……"

诺尔打断了他。

"不是的，伊凡。是你。"

伊凡吃惊地望着她。

"什么意思？什么叫是我？"

"伊凡，你以前梦游过吗？"

他抚着胡子，一脸困惑："没有，没有，我不记得了。那个……就算有，也是小时候，很小的时候了……”

“伊凡，你最近是不是有心事？”

他叹了口气。远处有只猫头鹰咕咕叫着，一只小蟋蟀唧唧地回应着猫头鹰。

“我们越来越了解对方了。”诺尔说道，“尽管对于菜单上放什么菜会持不同意见，但是……”

“诺尔，我不希望把你卷进来。”

诺尔假装没听见他坚定的语气。

“你总是藏起来的那些信是谁寄来的？”

伊凡战栗起来。这个小村子里，一点秘密也藏不住。他深深吸了口烟斗，然后长长地吐出一口气。

“我完全不知道……唯一知道的是他认识你。他似乎知道你的事，那些没人想公开的过往。”

诺尔简直不能呼吸。她的心脏沉重地跳动着。

“听着，诺尔，”他继续说道，“我不想管与我无关的事。旅店需要你，我会支持你的。”

“他问你要钱了，是吗？”

“是的。”

“很大一笔，对吗？”

“算是吧。”

诺尔艰难地咽了咽口水。

“说实话，如果旅店赚得够多，我早就把钱给他了。”伊凡说道。

“伊凡……”

诺尔哽咽着。看着伊凡瘫坐在花园的椅子里，一种如临深渊般的绝望淹没了她。这个平日里看起来那么高大的男人，此刻却显得如此脆弱，脆弱到像要被吞没在这片小小的绿色世界里。

她惊讶地发现，比起自己，她更担心伊凡。她握紧双手，想给自己勇气。

“伊凡，我欠你一个解释……我……我也不知道从何讲起……就从结局说起吧。你还记得吗，当年我是看到你贴的广告才来这里的，就是你招聘厨师的广告？”

“当然了。那是一份租约。紧接着伊贝利特就来了。那年冬天特别冷，那些黄水仙……”说到这里，他停下了。

“没错。就是那一天，你救了我的命。那时我刚离开我丈夫。他是个残暴的男人，生理和心理上都是。有时候他觉得我是全世界最美的女人，送我珠宝，赞美我，赞叹我的厨艺，感慨我有双无与伦比的眼睛；但隔天，他就会在我朋友和母亲面前侮辱我。离开他的前一天晚上，他回家前我没准备好晚饭，他把一锅滚烫的油扔到我脸上。我保护了眼睛，但手臂上依然留着烫伤的印记。”

她紧紧将毛衣裹在胸前。伊凡注意到她在颤抖。

“因为很多莫名其妙的原因，我在他身边待了很久，期望他有所改变。然后有一天，我下定决心离开他。我没有选择。”

她沉默了一会儿。

“但在我来的地方，我的国家，他是个有权有势的人，认识很多人。我知道他不会善罢甘休，也早就怀疑他在找我。我至今还能在这里说话，是因为你，伊凡，因为你接纳我、信任我。旅店也足够偏僻，在一个牛比人还多的村庄……谁会来这里找人呢？我隐名埋姓，改变发型，行事也尽量低调。唉，只有我自己这样觉得吧……”

诺尔直打哆嗦。伊凡把一只手放在她肩上，实在不知道该说什么。不对，他知道说什么。

“诺尔，我们会凑出这些钱的，然后打发这个男人，让他闭嘴，之后就忘掉这些吧。”伊凡恳求地望着她，希望她把一切都抛在脑后，过无忧无虑的生活，继续生存下去。

诺尔知道绝不会那么简单。但今晚，在被梨树遮蔽的夜空下，她选择相信伊凡和他不能动弹的半边脸。

“我们现在唯一要想的，就是找到办法，赚钱的办法。”

他轻轻拉起她的手，能动的半边脸露出了笑容。

对于这个救了她命的男人，诺尔的内心充满感激。哪怕是为了“西葫芦和薯条”与他起冲突的日子，她也感谢上苍让她在人生路上遇到了他。

黑暗中响起一声猫叫。

“雷昂应该在等它的牛奶……”

“晚安，诺尔。”

“晚安，伊凡。还有，谢谢你。”

伊凡又独自在黑暗中待了会儿，倾听各种昆虫的叫声。往常他总会和蜗牛说会儿话，还会温柔地威胁蜗牛——如果它们啃莴苣，他就把它们变成当日主菜。但今晚，他没有这个心情。

十八

太阳总算升起来了。

珀莱塔在床上辗转反侧了两个小时。都怪这失眠症！她吃完午饭困得不行，到了晚上却总是睡不着。别再跟她提“乡下对身体好”这种鬼话了！

她爬下床，打开窗。新鲜的空气涌了进来，一只小鸟在枝头歌唱，弯弯曲曲的乡间小道笼罩在晨色之中。来旅店快三周了，她对这里的景致已经很熟悉：麦田和油菜地里的崎岖小道，远处邻村里那只若隐若现的大钟，还有那些目光呆滞的奶牛——它们吃着干草，安静地散着步。

她看了一眼手表。这只金链带的腕表，是菲利普拿第一个月的工资买给她的。现在给上迦山打电话还太早。她钻回被窝，戴起了眼镜。

昨晚趁乔治不在房间，她又去帽盒里拿了几封信。

一缕阳光照进房间，她从抽屉里取出信，然后坐起来，靠着枕头，开始读信。

1953年3月1日，巴黎

亲爱的：

今早我怀着沉重的心情给你写信。奶奶去世了。

我知道你不认识她，我也不确定自己算不算足够了解她。但每次提到她的名字，我都会流泪，像个孩子一样，我不知道该说些什么。如果你在这里，我的痛苦会缓解很多。我突然意识到，今天是我们认识的一周年，也是奶奶离开的日子。

我父亲和我一样，也很悲伤。他整日把自己关在房里，连晚饭都不出来吃。而我，不是在哭就是在思念你，想起你曾在万里之外拥抱过我，想到所有爱过我和我爱过的女人，都离开了我的生命。而此刻的你在做什么？也在想我吗？

我每次把信交给让，都求他尽快寄出。让是一个很有原则的老先生，在我父亲小的时候就来我家做事了。我保证你会喜欢他的。

我依然充满期待，每天早晨都翘首等待邮差的到来。每当他出现在篱笆后，我就祈求他给我带来好消息；当我发现他没留下任何你的消息时，我都会咒骂他。

给我写信吧，我求求你，哪怕是一个空信封也行。我可以闻到你的味道，我会珍惜从地球那头寄来的物件！告诉我你一切都好，告诉我在你心中我们还是一对，告诉我——我不是一个人。

有时候我会大声播放爵士唱片——那些被我小心翼翼地装进行李箱带回来的唱片。然后我会跳舞，一边跳舞，一边想你。今天，我的内心充满忧伤。你还记得那个有两颗金牙的男歌手吗，就是在西村唱到你感动流泪的那个歌手？亲爱的宝贝，忧伤与烦恼，我都面对过了……

尽快给我写信好吗？

把一切都献给你，还有我充满忧郁的心……

珀莱塔做了个怪脸。她不喜欢忧郁，对于信里写的音乐也欣赏不起来。稍微有点尊严行不行？

所以乔治离开纽约和舞女女友，去给母亲奔丧了。他还算回来得及时，从信上的日期看，他母亲从发病到去世并没有太久。珀莱塔想到自己的母亲——她是在父亲的无动于衷里离世的。

乔治应该家境殷实，因为他有用人，那个人是管家吗？她叹了口气。自己到底漏了哪些细节呢？这些事情拼凑起来，根本不算重大发现。

窗外，有只大黄蜂嗡嗡地飞来飞去。它在菖兰花上暂时停留，然后重新出发。毫无疑问，它在吃早餐。珀莱塔也有点想下楼喝杯茶，伊凡已经在楼下摆弄餐桌了。

好奇心充斥着她。她至今想不明白，为什么乔治把这些信珍藏了起来？为什么这些信都没有署名？而且这样一个家境殷实、配备管家的人，怎么会独自在这偏僻的鬼地方孤独终老呢？还带着一盒已经被人遗忘的信？

她打开了第三封信。

1953年4月4日，布伦角

我的太阳，我的月亮：

还是没有你的消息。

或许你隔段时间才能收到……还是说有人扣了这些信，根本没有给你？一想到这种可能，我就忍不住发抖。我希望你还记得对我的承诺——只是偶尔跟他聊几句……得了，不会的！我知道你不喜欢我嫉妒，所以你也会表现得很得体。我非常欣赏你这一点。

母亲的葬礼在度假屋举行。此后她会长眠在橄榄树下，每天欣赏她喜爱的蓝天。我沐浴在阳光下，在海边给你写信。这个季节天气很好，我小时候一直在这里度夏。这是栋单层小屋，有杏绿色的护窗板，外面布满了九重葛。你知道什么是九重葛吗？我坐在长凳上，仿佛看见你皱起了眉头。你的法语非常好，这个我知道。但我不确定你是否知道这种植物，所以给你附上一张我自己的画。为了让你真正认识九重葛，明年夏天我会带你来这里亲眼看看。我把妈妈的储物柜清空了，花了好久才完成，因为根本舍不得把妈妈的遗物扔掉。每件衣服上都有她的香味，我从孩童时就爱这个味道。只能借酒浇愁了，你看到我的样子也会很心疼吧。我父亲很宠爱我母亲。但我母亲一直很低调，她害怕会弄坏那些丝绸、皮草，还有父亲从世界各地给她带回来的漂亮帽子。她把它们藏在盒子里，等待合适的一天再穿戴……而“合适的一天”，却是昨天的葬礼。太忧伤了，对不对？母亲在落葬的时候看起来就像高贵的皇后。我给她换上了最美丽的衣服、父亲在婚礼上送给她的珍珠项链，还有她从未穿过的浅口高跟鞋。

知道吗，葛洛丽亚，生活就是一段旅程？你要享受过程，不要杞人忧天地担心终点，不要等待暴风雨结束，而是要学会在风雨中舞蹈。说起来容易做起来难，对不对？

我给你留了顶妈妈的帽子。一看到它我就想起了你，我的爱人。它的颜色和线条都很美！我能跟你说的就是这些，因为我也不太懂，希望你会喜欢。我迫不及待地想看到你戴上它。

我的信比我预想的要长，因为我太想念我们之间的交谈了。祈祷当你在读到这封信时，我也能够读到你给我的信。

吻你，尽管我心情沉重，你依然占满我的心。

珀莱塔仔细观察着信上的画。那是幅黑色的钢笔画，只有九重葛涂了些颜色。有些花瓣似乎被泪水晕开了，一个巨大的箭头对准了这些花，旁边写着花的名字。在信的空白处，画着顶大帽檐的帽子，很明显作者夸张了帽檐部分。

珀莱塔仔细琢磨信中提到的“他”。在信的内容里，乔治隐晦地提到了对“他”的憎恶。“他”是谁？兄弟？丈夫？还是情敌？很明显，“他”在这个不幸的故事中需要承担责任。是为了不让“他”发现，所以这些信没有署名吗？但如何解释这些信最后回到了乔治这里呢？是不是说明不是乔治写的呢？

珀莱塔完全糊涂了。

她看了眼时间，决定给南法的养老院打个电话，确认他们给她保留了房间。菲利普应该很快就要回来了。她感觉他的这次休假像是过了一世。只要看看带薪休假的天数，就不会对法国的衰败感到意外了！不过没关系，珀莱塔早就料到了：这次她绝不会心存侥幸，哪怕要花去她一辈子的积蓄。

她饿得肚子咕咕叫，忍不住想象上迦山的厨房：天刚微亮，厨师长就开始为住客准备美味的早餐了。她想到每天早晨马瑟琳娜的吃相——贪婪地吞咽麦片、往法棍上涂抹黄油的模样——胃里就一阵反酸。她忙不迭拿起电话，这段“乡间奇遇记”持续得够久了。

她拨通号码，立刻有人应答了。

“上迦山养老院，您好！”

珀莱塔认出了这个好听的声音，上次也是这个前台。

“您好，小姐。我打电话是想确认您是否收到了我的支票，并为我预留了艾莉姿套房。我是梅西耶夫人。”

“您好，梅西耶夫人，别来无恙。”

然后电话那头一片安静，这位年轻姑娘正在电脑里查看相关信息。

“啊，是的！您的电话来得正是时候！我们收到支票了，已经给您回信确认了预定。您还没收到吗？”

“没有。不对，收到了，收到了！”这封信此刻应该躺在菲利普的信箱里。

“您大概什么时候入住呢？我们已经为您保留了预定。”

“很快就来了！”

“按照之前跟您说的，您需要在本月底付完第一个月的房租。这样的话，哪怕您不来，房间也属于您……”

珀莱塔惊呼起来：“还要付钱！你跟我开玩笑吧！”

年轻姑娘平静地说道：“非常抱歉，我们的规则就是这样的。还有其他住客等在清单上……”

“得了，不劳你解释，我明白了。这次需要付多少钱来保留房间？”

听到金额，珀莱塔吓得差点从床上跌落下来。

她快速地挂掉电话，赶紧打了菲利普的手机，电话立即转入语音信箱。她抽了张纸巾，刚听到留言提示音，就对着听筒声泪俱下地说道：“菲利普……”她的声音像在虚弱地哭泣，“菲利普，是我，妈妈，我……”她打了个嗝，“菲利普，你赶快来接我。我在这里度过了人生中最可怕的时光……我不知道还能坚持多久……菲利普，求求你，如果你心里还有一点点牵挂妈妈，请给我回电话。”

她在抽泣声中挂断了电话，然后擤了下鼻涕，扔掉纸巾。

她装得多像啊！简直为自己骄傲。留下这么一通留言，菲利普肯定会给她回电的。这可比伊凡那么多通电话顶用多了。

与此同时，她得赶紧想办法搞定那张支票。艾莉姿套房绝不能从她眼皮底下溜走！她去哪里弄这么大一笔钱呢？她环视房间，最后将目光定格在鸭绒被上——乔治歪歪扭扭但清秀温柔的字迹映入她的眼帘。

珀莱塔陷入沉思，她刚刚想到一个绝妙的主意。

十九

珀莱塔向小酒馆老板娘要了一杯咖啡。她的声音被柜台和大咖啡机淹没了。

在屋子尽头，乔治穿着白色衬衫，袖子卷了起来，露出晒黑的皮肤。他专注地看着《前三名独赢》杂志，头也不抬地吃掉了羊角面包，他的视线没有离开过杂志，但还是很小心地没把蜂蜜滴在裤子上。他每天早上都会离开旅店来邻村，偷偷摸摸地赌马。珀莱塔的目光锁定在他面前的空椅子上。

“早上好，乔治先生。”

乔治被吓了一跳。

“噢！珀莱塔太太，早上好！一大早在这里看到你挺奇怪的，别来无恙呀？”

她挥挥手，示意他别说客套话，然后倾身向前，盯着他的眼睛，确保他能听到自己的话。

“我需要你教我赌马。不，我重新表达一下，我需要你教我赢钱。”

乔治慢慢放下手上的报纸，笑了起来。

“你吗？赌马？为什么？”

“跟你无关。”

乔治把咖啡杯送到嘴边。

“这……珀莱塔太太，这个玩起来很复杂的。为什么不买彩票呢？或者像马瑟琳娜一样，玩刮刮乐？”

乔治父亲般的说教语气让珀莱塔很反感。她一把拿过杂志，砰的一声拍在桌上。四周突然安静下来，老板娘和一些常客都望向他们。

珀莱塔用谨慎的口吻继续说道：“乔治先生，别以为我向你征询建议，就意味着崇拜你。如果你真的厉害，也不会住在这个老鼠洞里，吃着伊凡的油腻薯条，还要面对马瑟琳娜的烂笑话。我觉得，你现在的赌注里有很大一部分钱不是自己的，而借钱给你的人多半不知道你每天大清早在做什么。我有什么地方说得不对吗，乔治先生？”

老先生坐在座位上发抖。

“所以听好，如果你在乎自己在旅店的房间，也在乎名声，就好好听我的建议，尽快教会我赚钱的办法。接下去的事，你就不用管了。”

说完，珀莱塔把报纸扔向了桌子那头，结果报纸径直飞到了椅子后面。

乔治目瞪口呆。这个珀莱塔好像不糊涂，她到底吃了什么药？又怎么知道他在村里欠了很多债的呢？

乔治被搞糊涂了。他坐直身体，清了清嗓子。

“珀莱塔太太，我想你搞错了，我……”

老太太抬起下巴，威胁地看了他一眼，乔治立马噤声。

“可你希望我怎么教呢？教你赌博需要很久，要几个月，甚至几年……”还得有一颗正常的脑子，他在心里默默地补充道。

“喂，得了！如果来这里赌博需要毕业证的话，赌马协会早就破产歇业了！”

乔治长叹一口气。他在铝合金桌子上腾出些空间，从刚好经过的服务生那里借来一支铅笔，再从小背包里拿出张白纸，最后从口袋里掏出手帕擦了擦额头的汗，再小心地把它叠好放回口袋。

乔治的举手投足让珀莱塔很欣赏。她人生中的第一节赌马课在这样的小酒馆开启了。

乔治的一系列优雅动作跟这个空气污浊的酒馆完全不符。他拿着铅笔，挠了挠头，不知该从何处开始讲解。她到底想了解什么呢？他拿出一张赛马票，摊在她面前。这张长方形小纸片的右方画着带号码的黄白小格子，赛马者可以在左面选择自己想要的赛马形式、赌注和套餐。

“是这样的，在‘前五名独赢’的赌博中，首先要有本金。它是由‘前三名独赢’和‘前四名独赢’发展出来的，也可以看单中、双中，或者看概率……”

珀莱塔耳朵听着乔治的话，眼睛直直地盯着那张赛马票。

“接下去，你需要爱马，或者爱数字，最理想的是：你两者都爱。有些赌者喜欢概率赌马法。最简单的概率下注法就是将所有喜欢的数字按照参赛者的比例进行切分……”

他边说边将报纸背面罗列的数字写了下来。珀莱塔毫无预警地拿起拐杖敲了敲桌子。乔治被吓了一大跳。

“你刚才说的话，我一个字也没听懂！”老太太激动地说。

乔治抬起头，一脸疑惑地望着她。

“你当我是什么？拥有数学和兽医双重学位，一辈子都在赌马的专家吗？我连宾果游戏*都没玩过！老天，给我讲人话吧！我要被你气死了！”

乔治连声道歉。从未有人问过他这方面的事，他也不知该如何解释。给一些建议，提供一些数字，都没有问题。但从零开始给一个门外汉解释，从来没有。

“那个……那就试试。投入其中可能更容易理解一些。”

服务生走到他们桌边，乔治点了杯桃子汽水。珀莱塔赶紧挥手，让她走开。

乔治再次擦了擦额头的汗。

“那个，赛马是以马作为下注对象……”

珀莱塔翻了个白眼。

---

* 一种猜数字的游戏。

“更准确地说，应该是纯种马。有些马擅长短距离，被称为短跑选手；有些擅长长距离，一般被称为耐力者，或者留存者。他们按照自己的特长以快步或者冲刺的跑法来比赛。”

乔治偷偷望了一眼珀莱塔，确保她跟得上自己的节奏，然后喝了一大口甘甜的水，继续说道：“赢多少当然取决于我们下注的金额，但也取决于马的信息。”

“没错，一比五下注赢的钱肯定比一比三十赢的少，这个我知道。”

“很好。”

乔治认真思考了一下，要说的太多了！如何解释这绝不仅仅是预测，还是近乎艺术的比赛呢？这项艺术囊括了研究马的表现、不同距离的特长、训练形式，甚至骑师的能力、赛道对马的影响……

他父亲一直养纯种马，并把马寄养给驯马师，他对马的知识都是从驯马师那里得到启蒙的。乔治成长在赛马带来的刺激、赌马者的热情和对失败起跑的恐惧中。他对马栅栏打开的声音、马蹄在赛道上加速的声音和赌马者的欢呼声太熟悉了。

珀莱塔不耐烦了，她觉得赛马非常无聊。

“所以，你可以按照数字来下注，按照顺序或者随机……”

就在这时，上次那两个醉鬼闯进了酒吧。其中一个拍着乔治的背，另一个差点用膝盖顶翻乔治的水。

“哎呀，乔！你好吗？”

乔治尴尬地望了望珀莱塔。

“你知道我跟吉拉德赌赢了吗？三十二欧一毛五分，下了两欧的注！吉拉德，快把钱拿出来给他看！”

他的伙伴在裤兜里掏了很久。他穿着条满是污渍的蓝色工装裤，裤腰远远地荡在腰下面。珀莱塔赶忙移开视线。

“乔，这次你让我们下哪匹马？我们拿到赢的钱了，这次要玩大的。”

隔着吧台，老板娘朝他们吼道：“让·克劳德，够了！你老婆要是知道，会是什么反应？”

“哎！够了，米莉艾尔！你不告诉她，她就不会知道！再说了，你怎么知道我不会用这个钱给她买礼物！”

他瞥了一眼乔治，用手推了推他的伙伴。

“来吧，乔治，爆点猛料。”

“那个……”乔治说道，“在尚蒂伊有场比赛，是淘汰制，要好好评估赛马的水平。我个人比较看好‘圣夏朗德’，戴黄色头盔的‘褐色德佩雷’也不错，我……”

“等等，乔！别给我们表演博学啦！我跟吉拉德只要号码。你告诉我们钩哪个框，我们就钩哪个。对吧，吉拉德！”

吉拉德哈哈大笑，张开缺了两颗牙的嘴。

“没错！我们只负责打钩和赚钱。”

珀莱塔灵光一闪！

“先生们，乔治没空跟你们浪费时间。”

两位先生对望一眼，默默交流。

“这女的有什么问题？乔，是你爱人吗？介绍一下呀，看她多不高兴！”

乔治一下脸红了。珀莱塔丝毫不为所动，继续说道：“如果你们想下注，就要付钱。上次只是试验，你们知道乔治是个高质量的赌徒。如果还想听他的建议，知道该怎么做吧？”

两个混混面面相觑。她是在开玩笑吗？

吉拉德笑出了声。他的同伴捅了他一肘子：“乔治先生的预测要多少钱呢？”

让·克劳德一字一句地说出乔治的名字。

“你们赢的一半。第一次赢的那些，今天付现金给我。”

两位先生困惑地盯着她。

“爱买不买。”

她抓过报纸，埋头读了起来。

让·克劳德和吉拉德对视一眼，各自拉了把椅子，围着桌子坐下来，表示接受条件。

珀莱塔雀跃起来。为了确保条款明确，她把条件写了下来。看样子，她只会赢不会输。

二十

朱丽叶特迈着轻盈的步伐走向图书馆。她在一排排书架中穿行，并在尽头那排停下脚步。她的手指划过一本本书。比起铺天盖地的热门书籍，朱丽叶特更偏爱冷门书，比如上个世纪的化学课本、工作手册，甚至是砌砖瓦指导书。她并不是对这些内容感兴趣，而是觉得自己与这些被人遗忘的书籍同病相怜。这些看似了无生趣的书籍同样值得拥有属于它们的辉煌时刻，朱丽叶特很乐意给予它们这份荣耀。在马克·里维最新畅销书边上的这些书，让她感觉穿越到了中世纪，成为钟楼上的博学者。这次，她又来探望这些被遗忘的书籍，站在它们旁边，对着它们喃喃自语，还会时不时打开两本让它们透透气。

通过这个方式，她发现了厚得像电话簿一样的《十七世纪教皇故事》。她用手指轻抚书的表面，在布满灰尘的封皮上留下淡淡的指印。像往常一样，她低声问道："今天给我看什么内容呢？"然后她随意地翻开书，用手指点在某一页中央，再笑着合上书，祝福这本书的未来一路顺风，最后把它放回书架上。

此时，两本巨著中间突然掉出一本小册子，落在她脚边。

这应该是被人遗忘在图书馆的，上面既没有图书登记资料，也没有借阅卡，一定是有人把它忘在这里了。也许是个大学生？仔细一看像是笔记本，纸张上都是大方格，边缘是淡紫色的。

朱丽叶特弯下腰，拾起笔记，翻了几页，没有看明白，里面的内容似乎是一张清单。这张清单被改动了很多次，有的用了粗铅笔写，有的用了红色钢笔写，有些地方内容横跨两页，还有些地方只在留白处写了一个字。翻完这本笔记，朱丽叶特确定这是本由小句子组成的清单。她随手翻到一页，上面写着：

我喜欢夜晚加油站的氛围，在去度假的路上。

她笑了，闭上双眼，仿佛闻到地上的柴油味，听到了发动机的轰鸣和开车门的声音。她坐在副驾驶座上。隔着车窗，她父亲在等待油箱加满时，冲她做了个鬼脸，然后去自动贩卖机里投了几个硬币，捧来一杯热巧克力。有时他们会一起下车，去三明治和饼干柜台，最后在杂志架前翻着杂志，一起笑。这是在去度假的路上。

朱丽叶特接着往下读：

我喜欢“一口价商店”这个词。

我喜欢电梯发出的声响。

我讨厌有些人花十分钟时间，去讲述明明只要两分钟就可以表述的事。

朱丽叶特在心底大笑起来，想起了马瑟琳娜那个可怜人！她挪了挪身子，让自己坐得更舒服些，埋头在这本引人入胜的笔记本上：

我喜欢关上我的行李箱坐在上面。

我喜欢留在新鲜混凝土上的脚印。

我讨厌游园会里的玻璃城堡。

朱丽叶特点点头，她也不喜欢那些玻璃迷宫。人们会在里面中圈套，犹如蹩脚的哑剧演员被困在无形的牢笼中。

我喜欢写着“一辆货车可以藏住一辆火车”的广告牌。

我喜欢跟主人长得很像的狗。

我喜欢能把大狗吓跑的小狗。

朱丽叶特一页一页地往后翻着，时间仿佛静止了。她感受不到周遭的一切，完全沉浸在这充满新意的笔记本里。

我喜欢剥开糖纸的沙沙声。

但我讨厌在电影院听到这个声音。

朱丽叶特把手伸进口袋，摸出一颗太妃糖。诺尔要求——无论是她还是伊凡都要避免低血糖，哪怕一丁点可能性都不行。

我讨厌别人在游泳池里溅湿我。

我很喜欢投硬币，让自动贩卖糖果机工作起来。

下面一段，圆珠笔的划痕隐约可见：

我讨厌想写些东西的时候，圆珠笔坏了。

我喜欢在吸墨纸上写东西的人。

朱丽叶特觉得写在吸水墨纸上的字绵软无力。她偏爱写字有力的手，写字的人要穿西装，衬衫口袋上沾点墨水渍就再完美不过了。童年埋下的渴望，长大后一直没实现，今天在这里竟有似曾相识的感觉。她很高兴，完全被这本笔记迷住了，飞快地翻着每一页，想找到“作者”的名字。突然，一阵强烈的恶心向她袭来，她惶恐地睁大眼睛，手捂着嘴飞快地朝图书馆出口跑去。

室外新鲜的空气让她稍微好些，她把手放在肚子上，感觉肚子鼓起来了一些。这是她想要的结果吗？她问自己，还能把这个秘密掩盖在工作服下多久？对她来说发生得太快了，是时候结束这一切和那些无眠的夜晚了。

意识到时间不早了，她赶紧把笔记本放进口袋，飞快地骑上自行车，回旅店去了。

不到十五分钟时间，她就把围裙系在腰间，准备开工了。刚从酒窖上来的伊凡向她点头致意，手里还拿着两支红酒。

阳台上，伊贝利特正坐在高脚凳上画画，面前支着比人还大的画架。伊凡凑到他肩头，问道："打算再给餐厅添幅画吗，伊贝利特？"

伊贝利特灵光四射，兴奋地往画布上画着鲜红色的线条。

"这太抽象了……"伊凡点评道，"让我想到了野兽派的画，但是伊贝利特，你有没有考虑过，尝试一下……更加柔和的画风呢？"

"让他自由发挥。"诺尔肩上搭了块毛巾，插嘴道，"他愿意画画来装饰旅店已经不错了。他让旅店看起来鲜活不少呢！"

"当然，色彩方面当然没得说……"伊凡马上迎合道，生怕得罪了大厨。

他退到吧台后，擦起了玻璃杯。旅店墙上全是色彩斑斓的画，他个人不太能欣赏这种风格，但也怕跟诺尔争论伊贝利特的艺术造诣，会让她不高兴。

随后，伊凡给珀莱塔送上了胡萝卜孜然汤。老太太一把推开了盘子。

“这什么味道！您觉得这玩意儿我能吞下去吗！”

自打早上开始，老太太就一直作天作地。伊凡快忍受不了她这莫名其妙的臭脾气了。这时，里面的电话铃响了。

“珀莱塔太太，找您的。”伊凡略带埋怨地喊道。

“是谁啊？”她无精打采地问道。

“纪劳丁医生的秘书。他说医生去了您家找您，您家的租客给了他这里的电话。”

“我忙着呢。”老太太生硬地回绝，把餐巾铺在膝盖上，开始喝汤，还低声自言自语，“我的房客，谁是我的房客！”

“需要我留言吗？”伊凡对着电话那头说道，“对……嗯……不是，我不是她儿子，我是……嗯，我明白，我明白。”然后他压低嗓门，“我会跟她说的。当然。谢谢您，医生。”

珀莱塔在餐厅的老位子上喊道：“又是谁！不是那些废话连篇的推销员吧！我都不知道他们从哪里得到我的号码的！”

伊凡看起来很忧虑，柔声对她说道：“先把汤喝完，我再跟您说。”

“哎！诺尔！你听听这个！”另一头，马瑟琳娜看着报纸，突然兴奋地叫起来，“诺尔！诺尔，你有个追求者！听听。‘我跟你在市场相遇，彼时你正在挑西红柿。一见到你我就脸红了，我不是个朝三暮四的人。你穿着覆盆子色的裙子，我想再次见到你。署名：你的苹果。’伊贝利特，把你的铅笔给我。诺尔！我帮你记下他的地址！”

她把对方的联系方式记在杯垫上。伊凡的脸气成了土色，冲过去喊道：“小点声，马瑟琳娜！全餐厅就你一个人在废话！你让这里越来越无趣了！如果再这样，我马上就把这张小纸片烧掉！让大厨安静工作，不行吗！”

诺尔从厨房探出头，吃惊地望着朝马瑟琳娜发脾气的伊凡。诺尔热得满脸通红，头发都垂在额前，嘴里叫着朱丽叶特。

“上菜！小牛肉！”

朱丽叶特还沉浸在几小时前找到的神秘本子里，差点忘记客人已经从八个增加到了十二个。

“敬你们！也敬夏天！”其中一个食客欢快地叫道。

“敬让·克劳德！是他请客的！”另一个人说道。

朱丽叶特手忙脚乱地给客人上菜。这边上一客猪肉香肠，那边上一盘三文鱼。她心里却暗暗希望客人们能早些离开。

谁会是这本册子的主人呢？这个短句子小游戏挺有趣的，仿佛是作者的自画像，他通过局部碎片来勾勒自己的轮廓：这边画道微笑，那边画个凹陷的肩窝……朱丽叶特躲在吧台后，忍不住偷偷看起了笔记。

我讨厌火车站台上的离别。

我喜欢大人同孩子说话时的样子。

我喜欢车子轮胎碾过石子路的声音。

“朱丽叶特！”

房间另一头，珀莱塔大喊着她的名字，向她示意桌上没有面包了。

“一定要用叫的才有人来服务我吗！”

朱丽叶特不情不愿地把笔记塞进包里，跑去伺候老太太了。

二十一

朱丽叶特刚走上走廊，乔治的房门就打开了。

“啊，朱丽叶特！”他喘着气说道，“我猜就是你。谢谢你给我送的干净衣服。”

朱丽叶特很尴尬，希望珀莱塔忘记了帽盒的事。她突然紧张起来。

“今晚要看《曼哈顿之恋》。”乔治说道，“保罗帮我放好录像带了，你要一起看吗？”

朱丽叶特从不会错过跟老先生一起看电影的机会，他选电影的题材很广，但它们都有个共同点——故事背景都是纽约。

但今晚，朱丽叶特很犹豫，她非常疲惫。那个在她肚子里待了三个月的受精卵吸收了大部分精力。她想一个人好好想想。她会变成什么样？日子飞快地过去，她必须要见医生的日子正在迫近，之后将再无选择。不，她必须回到房间，趁着没做决定，再仔细想想。这是一个有责任心的成年人最基本的素养。

“是的，我非常愿意。”朱丽叶特却这样答道。

她舒服地坐在床边，等着乔治烧热水。跟自己的对话再迟两个小时也行，对不对？

“要吃奶油饼干吗？”

朱丽叶特点点头。乔治拿出两个广口瓶，一个瓶子里放着金黄的奶油饼干，另一个里面像是蜂蜜饼干。朱丽叶特不客气地吃起来，乔治也吃，但他把所有的奶油饼干的边都掰下来，放进第二个瓶子里。然后他沉浸在回忆中，跟往常一样说道：“我把奶油饼干的边存起来，留给那个比我还要爱吃的人。”

朱丽叶特勉强笑了笑。她也希望有个人在世界的某个角落，存着一整罐的巧克力脆皮甜筒等待着她。

“你还好吗？”乔治关切地问道。

他望着她，温柔地微笑。在所有租客里，她最喜欢乔治先生，此刻却躲避他的眼睛：“我很好，谢谢。”

她犹豫着是否要告诉乔治先生今早发现的笔记本。一定程度上说，她非常珍惜与这个无名作者建立起的亲密关系。

“那个……乔治先生，您有朋友吗？”

电影开场了。朱丽叶特后半句话被淹没在音乐之中。

“你说什么？”乔治问道。

朱丽叶特挥挥手，示意没什么。

银幕上，一个广角镜头展现出曼哈顿的天际线。

“那是什么建筑，朱丽叶特？”乔治像个和蔼的老师，开始课堂提问。

朱丽叶特眯起眼睛，想看得更清楚些："我们从南岛上岸……这是自由女神像……那是金融区和双子塔……来到中城……这里是帝国大厦！"

"完全正确！这是曼哈顿最高的一栋楼！"

"……花了差不多十一个月就完工了！"朱丽叶特补充道。现在，她几乎跟"乔治老师"一样熟悉纽约。

乔治谈起纽约时，整个人仿佛年轻了三十岁。每当他看到熟悉的街道、公园和大桥，眼睛都会发亮。朱丽叶特很喜欢这个时候的乔治。他们一起幻想在时代广场散步，尽管朱丽叶特这辈子连卢瓦河谷都没出去过。

"看！这里能看到华尔道夫·阿斯托利亚酒店！"

画面中，珍妮弗·洛佩兹穿着客房清洁员制服，匆匆踏入奢华的大堂。但乔治完全忽略了女主角和未来参议员间的爱情故事，整个人沉浸在自己的回忆中。

"这是建造在公园大道上的一座宫殿，建造时间应该是十九世纪末。这座建筑非常有特点，知道为什么吗？"

在老先生明亮的眼前，朱丽叶特笑了："您一定会解释给我听的。"

"阿斯托尔家族的两个表兄弟，既是一家人，也是竞争对手。他们建立了两座酒店：华尔道夫酒店和阿斯托利亚酒店。两家酒店毗邻，但不相连。不幸的是，这俩兄弟其中有一位在泰坦尼克号上遇难……这故事比电影精彩多了，对不对？"乔治打趣道，“于是不久后，两家酒店合并了。”

他拿起一块饼干，咬了一口。

“全世界的名人都住在这里，知道吧！伊丽莎白・泰勒、法兰克・辛纳屈……”

对于乔治来说，仅仅是读出这些名字，就能开启梦想的大门。他小心地读出每个音节，让最美的回忆在脑海中静静浮现。

朱丽叶特根本不认识法兰克・辛纳屈——他是那个唱着《雨中曲》，在路灯下跳舞的演员吗？她选择沉默，心不在焉地听着，心里牵挂着那本笔记。它究竟属于谁？她是否该把它交给图书馆的工作人员呢？可她有充分的理由不这么做——毕竟她自己也有可能研究出它的主人。

除了跳踢踏舞的场景和城市游览场景外，电影里没有任何情节能够吸引乔治。这晚如往常一样，乔治在扶手椅里睡着了，怀里抱着装满饼干边的广口瓶。朱丽叶特关上录像机，在老先生的膝盖上轻轻盖上一条毯子。

正当她准备回房时，珀莱塔在走廊尽头呼喊她的名字。朱丽叶特心跳加快。老太太和伊凡先生呼唤她的每个瞬间，都让她害怕。有个画面浮现在她的脑海里：她一个人，怀着孩子站在旅店门口。还有谁愿意收留她呢？

她穿过走廊，站在门口，嗓子干涩，浑身发抖。所有的烦恼似乎都聚集到肚子上，肋骨下方的某个区域疼得让她无法呼吸。

她走进房间，床头微弱的灯光照在床的四周。

“有什么事，珀莱塔太太？”

她小心翼翼。老太太紧紧盯着她。

“走近点儿。”

朱丽叶特低着头，靠近床边。

“你在乔治房里干什么呢？”

朱丽叶特感到泪水涌上眼眶。

“我们在一起看电影。我……”

“你口袋里藏着什么？”

朱丽叶特往后退了一步，她工作服的口袋里藏着好多东西。心情恶劣的珀莱塔可没时间玩游戏。这个姑娘看到自己的影子都害怕，这让她很恼火。

“给我！”

朱丽叶特把手伸进口袋，把笔记拿了出来，同时一封信被带了出来，落在床上。

“哈！我就知道！”珀莱塔兴奋地喊道。

“不！”朱丽叶特叫道，“把它还给我！”

老太太眼明手快地拿起信，拆开读了起来。然后她抬起头，透过老花镜盯着朱丽叶特。朱丽叶特感觉自己脉搏加快，呼吸越发困难，耳朵嗡嗡作响。她飞快地抢过信，砰地关上门，逃回了自己的房间。

朱丽叶特大步冲回房间，瘫倒在床上，泪流满面。她彻底完蛋了。老太太就是要找她麻烦，这封信的内容应该能让她满意了。这个到处破坏生活的恶老太婆！

她呼吸急促，夹杂着抽泣，很久没有感觉如此糟糕了。她想念外婆，觉得格外孤单。肚子里涌起一阵尖锐的疼痛。雷昂在门外挠着门。朱丽叶特拿起枕头砸向门的方向："别来烦我，雷昂！今天我什么都给不了你！"

雷昂还在不依不饶地挠着。

门轻轻打开，珀莱塔手里拄着拐杖，站得笔直，平静地走进房间。

朱丽叶特叫起来："别来烦我！您得到想要的了，不是吗！出去！"

珀莱塔皱起眉头。

"我跟您说了，别来烦我！"朱丽叶特坚持道。

珀莱塔在床边坐下来。朱丽叶特愤怒地望着她，她现在一团糟，肚子里的孩子，还有这个冲到她房间来威胁她的老太太。

"朱丽叶特，振作起来，没有理由把自己搞成这个样子。"

朱丽叶特吃惊地打了个嗝。

两人的目光聚焦在床上的那封医院诊断书上。珀莱塔沉默了一会儿，将信展开。

"我知道这是私事，但以我的观点，这是个好消息。到了我这个年纪，医院的来信上很少会传来给人希望的消息。"

"啊！您这么觉得吗？我可没这种感觉！一个孩子！我连在雷昂面前都抬不起头！"

雷昂弓着背，站在窗台上望着两位女士。它的眼睛慢慢眨着，很快就要睡着了。

"这只猫有个非常反叛的名字。"珀莱塔回答道，"但它的人生除了在菜单上加上几个时令菜，没有什么其他的权利。"

泪水在朱丽叶特脸上滑落。珀莱塔递给她一块手帕，把睡裙的边缘压压平整，任由沉默蔓延。

"十二周了。"朱丽叶特哽咽着说。

珀莱塔静静听着，没有流露出任何表情。

"我只剩几天时间来决定，是不是要……是不是……"

发现她的悲伤再次袭来，珀莱塔把手帕又递给了她。

朱丽叶特乱了阵脚，这份过几个月就要她独立承担的责任把她压垮了。像她这样一个连自己都照顾不好的人，怎么能独立照顾一个孩子呢？给孩子吃饱，满足孩子的需求，还得让孩子快乐？到底是不是还要在这个世界上增加一个被暴力摧残、时刻感到危险、对人生充满悲观和不确定的生命？

窗外，有只猫头鹰叫了起来，紧随其后的是伊凡制止它的声音。

朱丽叶特的泪珠滴落在床上。

"好了，别哭了！没人能吃掉你！少一点害怕，多一些面对吧，你比自己想象的要坚强得多！"

朱丽叶特睁着湿漉漉的眼，吸了吸鼻子，仔细听着她的话。

珀莱塔继续说下去：“在我们那个时代，我是那种为了能够选择而起来战斗的一类人。我们不像他人说的那样，是为流产而斗争，我们是为了让自己有选择而斗争。为了自由，为了可以有自由支配身体的权利而斗争。你是享受我们这代人奋斗结果的人。为了你们这代人，我对抗了保守的家族和思想狭隘的丈夫。你是自由的，朱丽叶特小姐……”

小小的房间里回荡着老太太铿锵有力的声音。

朱丽叶特若有所思。她想象着五十年前，珀莱塔举着拳头，站在游行队伍第一排的样子。她用手绢擦了擦自己的眼睛。

“这样看来，确实……”

“当然是这样！快点儿，笑一个给我看看。你还有足够的时间来思考。如果决定留下孩子，我敢肯定这是个男孩，这个小伙子肯定能成为伊凡的助手。更不用说那个厨子了，她会好好喂饱他的。好了！打起精神来！这点事不会影响你工作的！”

老太太脸上的微笑一闪而过，但她隐藏心底的善意没能逃过朱丽叶特的眼睛。

她们又沉默了一会儿。老太太空洞地望着雷昂。她在想什么呢？或许是朱丽叶特？或许是她肚子里安静又坚定生长的宝宝？抑或是她很久以前没能留住的小生命？

朱丽叶特握住珀莱塔的手——苍老的皮肤下隐约可见弯曲的血管。在她身边，朱丽叶特觉得很有力量。

她深深舒了口气，觉得暴风雨已经过去了。未来开始清晰。

雷昂喵了一声。珀莱塔确认朱丽叶特情绪稳定后，站起身，准备离开。

“珀莱塔太太？”

珀莱塔转过身。

“谢谢！”

珀莱塔沉默地离开了。

房间中飘着盛开的玫瑰花香，它告诉朱丽叶特刚才发生的一切并非幻觉。

她深吸一口气，心跳平缓了下来，然后钻进被窝，仔细回味老太太说的每一个字。珀莱塔太太是个斗士，一个心地善良的斗士。

二十二

空气中飘着烤面包的香气。

所有住客都围坐在早餐桌前。

“睡得好吗？”马瑟琳娜快活地问，“我可是精力十足！”她边说边大口咬着法棍。

诺尔白了她一眼。她失眠了大半夜，玩接龙玩到凌晨。

“我说，伊凡先生，您看起来精神不振哪！”马瑟琳娜不顾身边人的反应，还在不识趣地说话。

伊凡低声埋怨着。他早上起来不爱说话，而且睡得不好。自从那个抽烟的不速之客来到店里，他再也没睡过好觉。

乔治穿着慢跑装出现在楼梯口。马瑟琳娜立刻展开笑颜，擦了擦嘴边的蜂蜜，站起来说：“我准备好了，乔治先生！”

乔治迷茫地望着马瑟琳娜，直到看见她穿着跑步鞋快步向他走来：“我想，你肯定希望运动的时候有个伴儿！”

“啊？”

乔治惊讶地望望周围。朱丽叶特摊开手，朝他耸耸肩，摆出爱莫能助的样子，嘴角带着一丝幸灾乐祸的微笑。

“那个……那个……好吧，我们出发！”乔治的声音充满无奈，更像在鼓励自己。

然后他们一同出发了。乔治穿着干净的白T恤，马瑟琳娜走在他身边。

他们一跨出旅店大门，所有人都笑了。

“可怜的乔治先生！”诺尔感叹。

珀莱塔趁这个机会悄悄走上楼梯。她上楼走进乔治的房间，轻轻打开放信的帽盒，从里面掏出厚厚一沓信，放进口袋，然后快步走回房间。她瞥了一眼钟：距离乔治慢跑归来，还有一个小时，应该很充裕了。她小心地锁上门，放了一张肖邦的光碟，窝在扶手椅里。雷昂趁她没注意溜进了房间，坐到她的膝头。

尽管这些信中流露出的深情让她不屑，但她依然忍不住惦记。她觉得这都是无聊惹的祸，抑或是对于乔治矛盾重重的身世生出的好奇心作祟。为何一个如他这样优雅又有教养的人会在这么偏远的地方养老？他是从哪里获取了如此丰厚的赛马知识？这些信到底意味着什么？

她兴奋地开始读信。

1953年5月1日，巴黎

我的太阳：

终于迎来了五月。

我喜欢每个月的开始，给人一切都可以尝试的感觉。有些日子，就是可以给你力量去做个征服者；又有些日子，却让人感觉像世界末日，我觉得二月十七日就是这样一个日子。你明白吗，二月十七真是个可怕的日子？那一天，你能想到的只有阴冷的雨雪、灌进脖子的冷风和冻住的绣球花。今天早上我在报纸上看到一篇文章，有个记者采访一个运动员，问他取得那么多傲人成绩的秘诀是什么。你猜他是怎么回答的呢？他说："如果你不知道自己年龄，那该是几岁呢？"用这种玩笑方式来对抗自己不想面对的问题，挺有趣的，不是吗？你几岁呢？对我而言，我的小鸟，你永远只有二十三岁……

珀莱塔仔细研究着信。她想通过一些蛛丝马迹推测出这个神秘的通信对象到底是谁。她接着看下一封。

1953年5月3日，巴黎

我永恒的爱：

你知道河马的奶水和指甲一样，是粉红色的吗？给你写信时，我脑海里浮现出你皱着鼻子，低头研究自己精美指甲的样子。是的，像粉红色的糖果一样！我向你坦白，我从没喝过河马的奶！假如你愿意与我共度一晚，我却很愿意请你喝杯鸡尾酒。我们可以一起去开在第七大道街角的酒吧——

“乔”，那里有世界上的所有朗姆酒！格伦牌朗姆酒必定会让我们很快活。我们可以听爵士乐，跳踢踏舞，一直跳到天明。当朝阳点亮纽约的天际线时，我们就去旁边的小餐馆吃薯条。你知道吗，我的宝贝，幸福就是在新鲜薯条上撒些盐。这个话是不是你对我说的？

珀莱塔叹了口气。

这些没头没脑的信真让她头疼。乔治真是有耐心。

她展开另一封信，这封比其他几封破旧多了，看得出来它被涂改过好几次。信上有钢笔化开的印迹——是泪水吗？

还是看信的内容吧。

1953年5月13日，巴黎

亲爱的：

我必须告诉你，这种沉默让我绝望。我试着去剧院找你，但他们告诉我你不在那里。这是真的吗？除了胡乱猜想，我没有其他办法。

我去旅行社给你买了张来找我的票。我把这封信留在了剧院，希望杜朵拉可以把它转交给你。这封信太珍贵，我不敢冒险，生怕它落入不该得到它的人手里。我说话算话——我发誓。

你应该在六月三十日早晨登上“Big U”，就是这艘金属的庞然大物在几个月前把我从你明亮的大眼睛跟前带走。我会在勒阿弗尔港口等你。一想到你纤细的身影走下甲板，我的心就忍不住怦怦跳。太高兴了！你一定会喜欢这里的夏天！国庆日的烟火和半夜都能游泳的地中海！

勇气和希望重新回到我心中！你知道吗，我买好了你喜欢的法国饼干！露依牌饼干。就是那个你很喜欢称作“路易”的饼干。但这里没有奥利奥。你还记得是怎么跟我演示吃这个黑饼干的吗？你拧开两层饼干，去舔中间的奶油。而我则演示给你看小时候吃露依饼干时的样子，我总是先把边折下来，留到最后慢慢品尝。

好了，不跟你说了。告诉我你收到了这封信，哪怕是个电报也可以。

给你我全部的爱，永不磨灭。

珀莱塔把乔治的那些信抖了几下，发现里面夹了张印有美国联合航运公司标志的白色纸片。上面发黄的墨迹写着：

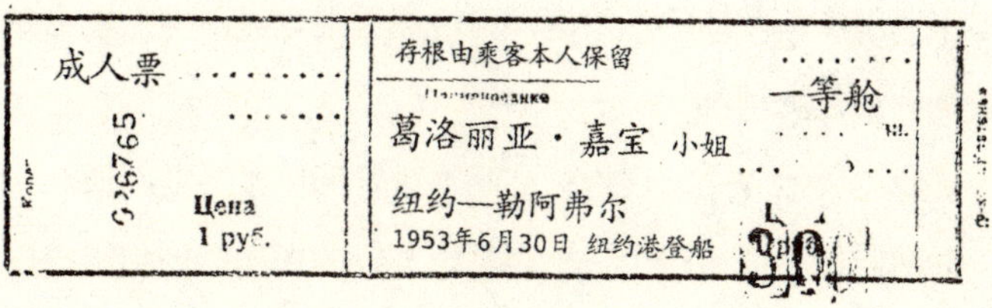
成人票
Цена
1 руб.
存根由乘客本人保留
一等舱
葛洛丽亚·嘉宝 小姐
纽约—勒阿弗尔
1953年6月30日 纽约港登船

葛洛丽亚·嘉宝？珀莱塔思索了几秒钟，这个名字对她而言并不陌生。她在哪里听过呢？

她扫了几行信件内容，还是想不起来，然后匆匆翻了几封之前偷出来的信，有几封包含素描画。她拿起其中一封，上面画着一个芭蕾舞演员的背——她穿着二十世纪二十年代的芭蕾舞蓬蓬裙，一条腿伸向一边，应该是在摆一字。

珀莱塔脑海中灵光一现！葛洛丽亚·嘉宝！当然是她！拥有绝世美腿的那个伟大的葛洛丽亚·嘉宝！有人说她那双长腿保价五百万美元！她是一九五〇年代颇负盛名的纽约芭蕾舞演员。珀莱塔记得以前读过几篇有关她的花边新闻。她的身份毫无疑问了吧？葛洛丽亚非常美丽，拥有一双令人神魂颠倒的大眼睛，像索菲亚·罗兰般的大眼睛，这跟她的娃娃脸形成鲜明对比。乔治交往的都是名媛！他的身世突然明朗起来。

珀莱塔仔细研究了船票。上面没有打孔的痕迹，很明显它没被使用过。

餐厅的钟声响了起来，正在读信的珀莱塔停下来。她听到马瑟琳娜的笑声从旅店门口传来，于是从椅子上跳起来，还摔落了在她膝头睡觉的雷昂。她朝乔治的房间跑去，把信放回盒子，但保留了还没来得及读的几封信，再快速盖上盒盖。她一走出门，就看到乔治走上楼梯。

"哎，乔治先生，慢跑顺利吗？"她满脸微笑地问道。

乔治吃惊地望着这个极少表现出友好的邻居，他结结巴巴地说道："非常好，我的朋友，非常好。你不介意的话，我打算回房休息。"

"当然不介意，去吧，去吧。"

她侧身让出走道，笑眯眯地往自己房间走去。雷昂紧紧跟在她身后。

乔治惊呆了。他不记得珀莱塔有心情这么好的时候。但必须承认，他觉得这样挺好。

二十三

朱丽叶特坐在桌边，面前放着早餐麦片的碗。她手肘撑着红白格餐巾，反反复复地读着笔记本。

她希望在里面找到些许蛛丝马迹，帮她搞清楚谁是笔记的主人。可以肯定的是，他一定是位男士。

我喜欢“有胡子的男士都藏着秘密”这个说法。

我讨厌“胡子跟厕纸一样脏”的说法。

我喜欢刮胡子时剃须刀划过脸颊的感觉。

比起其他东西，他似乎最喜欢书。这也解释了为什么这笔记是在图书馆里找到的。

我喜欢古旧书的味道，也喜欢教科书上塑封纸的味道。

我很喜欢文具店，尤其是在九月的时候。

我喜欢小说的引言。

我讨厌口袋书的腰封。

我讨厌蛋白。

朱丽叶特似乎很了解笔记的作者，又似乎完全不了解他。

昨天早晨，她在图书馆里度过，侦察着来访者——尤其是走到冷门书角落的人。当她准备离开的时候，似乎找到了他。

那人站在她找到笔记的书架前，心不在焉地放着一本书。他有张稚气未脱的脸，两边肩膀高低不平。朱丽叶特觉得自己的耳朵嗡嗡作响。

她轻手轻脚地向他靠近，同时又觉得不知所措。在快走近的时候，她像受惊的小鹿般逃到书架的另一边，挪开挡在书架前的书，恰好看到他的脖子。

我不喜欢“脖子”这个词。

她在那里观察了很久。他算不上英俊，但自有魅力。她仔细看着他的手——修长的手指拂过发黄的小说。她仿佛感受到他手指温柔拂过自己的身体。这个陌生人远在天边，近在眼前。

时间一分一秒地过去，朱丽叶特抓起笔记，快速走向陌生人，把笔记丢在他脚边。他被这声响吓了一跳。朱丽叶特紧张地屏住呼吸，躲闪着男子的目光。他拾起笔记，没有表现出丝毫兴趣，若无其事地把它放在身后的书架上。

朱丽叶特内心的柔情瞬间消失，取而代之的是焦虑。他居然无动于衷！笔记肯定不是他的，一定不是他的！当你拥有一本如此私密、充斥自己内心想法的笔记时，不可能若无其事地把它放在书架上，尤其不可能放在跟这个笔记内容完全无关的书架上。

等他走远后，她拿回了笔记。见鬼！

我喜欢别人用古老的粗话骂人。

朱丽叶特吞下一大勺麦片，发出咀嚼的脆响。她埋头专心看着笔记。

我喜欢火车卧铺车厢的环境。

我不喜欢剪指甲的声音。

“咦，在看书呢？”

诺尔拿着一大筐刀豆，凑到朱丽叶特身边。朱丽叶特被吓了一大跳。

“哎哟，朱丽叶特小姐有秘密！”诺尔打趣道，眼里带着笑意，“你最近还好吗？”她拖过一把椅子，叹着气坐了下来。

“哎哟，我太矮了，够不着了。”

朱丽叶特挪开碗，摊开一张报纸放到诺尔面前。两人各抓了把刀豆，择了起来。

“我很好，谢谢你。诺尔，你呢？”

诺尔转过头望着她：“还凑合吧……来，把择好的刀豆放在这里面。”

她看了眼桌子中央的沙拉盘，娴熟地择掉刀豆的两头尖蒂，扔在桌上的报纸里，再迅速把凹成两段的刀豆扔到沙拉碗里。

诺尔望着朱丽叶特，她不敢提起孩子的话题。

“你在读什么？”

“我刚好想跟你说说这事儿。”

朱丽叶特把黑色封面的笔记推到诺尔面前，随手翻了一页。

诺尔眯起眼睛，停下手上的活儿，大声念道：“我喜欢在黄页里发掘有趣的姓氏；我喜欢在厨房的桌面上寻找别人留下的字迹。”

她困惑地看看朱丽叶特。这个年轻姑娘歪着头，露出天使般的笑容。诺尔接着读下去：“我喜欢婚礼上父亲们的感言。我讨厌空空如也的喷水池。”

诺尔放下笔记，重新开始择菜。

“这是什么？”

朱丽叶特却还在笑。

“这是我在图书馆找到的笔记。我不知道它的主人是谁。这些句子很美吧？”

这下轮到诺尔笑了，她喜欢见到朱丽叶特高兴的样子。

“是挺有趣的。”

“如果是你，会在笔记里写什么呢，诺尔？”

诺尔完全没主意。在厨房里，她拥有无穷无尽的灵感，但在其他方面，她就没那么有想象力了。

“喂，总能想出来一个吧。”朱丽叶特故意用激将法。

“呃……嗯……你先来！”

“我喜欢睡觉时把一只脚伸到被子外面。”朱丽叶特说道。

诺尔笑了。

“到你了！”

“我讨厌玩猜谜！”大厨想出一个。

“我喜欢列清单！”朱丽叶特接着说。

“我喜欢黄油在锅子里熔化的味道……”

“我喜欢抚摸雷昂的下巴，特别柔软。”

爬到桌上的雷昂冲她们吼了一嗓子。

“我喜欢咬碎鲜奶油蛋白点心的感觉。”诺尔接着说。

“我讨厌不速之客。”朱丽叶特说道。

“我喜欢宝宝的笑声。”

朱丽叶特笑着低下头，陷入了沉默。空气中只有刀豆被择断扔进沙拉碗里的声音。

“诺尔，我……我想把孩子生下来……”

大厨愣住了，她的手悬在半空，手里的刀豆掉下来落在笔记上。她一把抓住朱丽叶特的手，双眼湿润了。

“朱丽叶特……”她激动地轻喘着气，“你确定吗？”

从情感上来说，诺尔无比开心，但理智让她忧虑。

“是的诺尔，我很确定。”

“你已经……我的意思是……你是不是……”

“我会独自把孩子带大。如果伊凡先生能接受，就留在这里。如果不能，我就去别处找工作。”

做完决定，朱丽叶特觉得更有力量了。她愿意接受全部，哪怕最不确定的事情。诺尔靠近她，拉住她的手臂。橙花的香味扑鼻而来。

“感谢真主！”大厨忍不住用母语叫喊起来，“亲爱的！一个孩子！这太棒了！”

诺尔用额头靠着朱丽叶特的额头，说道：“我会在你身边支持你的。”

朱丽叶特点点头，感动地抱住诺尔。

就在这个时候，马瑟琳娜走进旅店。她脸颊通红，跌坐在椅子上，休息了好久才喘过气来。朱丽叶特和诺尔都忍不住笑了。

“马瑟琳娜，你还好吗？”

马瑟琳娜不停地咳嗽，朱丽叶特给她倒了杯水。她好不容易才恢复呼吸。

“哎哟，天哪……”诺尔感叹。

“是乔治先生，他跑得太快了！”

“他人在哪儿呢？”朱丽叶特问道。

“我也不知道。我在一家面包店休息，他说在门外等我。等我从店里出来……呸……乔治先生跑了。”

诺尔偷偷笑了起来。

“他也许有急事要处理。”朱丽叶特好心安慰她，“别放在心上。您能这样参加运动，已经很了不起了！”

“啊，谢谢！我瘦了三百克了，你们知道吧！”

朱丽叶特和诺尔一起点点头。

突然，有个二十来岁的青年闯进旅店。三位女士同时转头望着他，他唰地脸红了。

“呃……早上好……我找诺尔女士……”

“找她做什么？”诺尔漫不经心地问道。

“这……是关于驾照的分数……”

“啊，对！快请进！”诺尔赶忙站起来招呼他，往围裙上擦着手。

年轻男子从牛仔裤口袋里掏出一张纸。

“我是物流配送员……不想丢了工作……”

前一夜，诺尔决心要帮助自己和伊凡摆脱魔爪，把所有住客都聚集在餐厅里。

乔治、马瑟琳娜、伊贝利特和珀莱塔坐在一起，腿上都盖着保暖用的小毯子，等着她发言。

她一个个看着他们，用夸张的语气询问——为了帮助和拯救旅店，他们愿意付出到什么程度。

面对这个提问，住客们都吓坏了，他们不知道现在需要做些什么。是要赶他们走吗？诺尔否定了，说唯一需要他们提供的，就是一本驾照。

“驾照？”大家吃惊地问道。尽管对于未来的住宿松了口气，但他们依然一头雾水。

诺尔接着说：“我们要把驾照上的分数都卖掉。乔治先生，您驾照上还有多少分？”

“满分，我一分都没扣过！”乔治骄傲地说。

“你呢，马瑟琳娜？”

“哦……我的话，分数不多……记得最后一次开车时，好像还剩两到三分……”

“那是你多大的时候？”诺尔追问道。

马瑟琳娜非常不愿意在年龄问题上给出具体答案，并宣称自己看上去比实际年龄要大，支支吾吾地说是很久以前。

“那现在应该也是满分！”诺尔鼓励她道，“过了一段时间，扣掉的分数会补回来的。”

伊贝利特没有驾照，但他认真加总了所有分数，替他们慢慢计算。

诺尔接着说：“只要你们在罚单上写下自己的驾照号，并且承认违章那天是自己开的车就行。我在报纸上看到的，说只要这样就可以。”

大家钦佩地点点头。诺尔转过头，看着扶手椅里的珀莱塔："您呢，珀莱塔太太？"

"我绝不会与你们这种人为伍的！"老太太坐在扶手椅里叫道。

"可是珀莱塔太太，我们是为了伊凡……"

"我付租金了，你们自己想办法吧！下一次还要干什么呢？难道要我卖了首饰来拯救伊凡吗？"

当其他租客玩起纸牌游戏时，诺尔已经给保罗放出了风声——伊凡的旅店可以卖驾照积分。

现在，第一个客人上门了。他拧着双手，像是做坏事被抓住的孩子。诺尔跟他唠叨了很久超速的危险，然后把崭新的钞票收进口袋。

"以后开车小心点儿，知道吧？"

"好的，当然了，诺尔女士。"

年轻男子终于笑了。

伊凡走进旅店。他从花园回来，鞋子上沾满了泥。

"早上好，女士们！早上好，年轻人！看看这些单纯的脸庞呀！"

年轻人一边跟诺尔道谢，一边不安地瞟着伊凡。伊凡皱起眉头，他很喜欢看到自己面瘫的半边脸让人感到敬畏，尤其是让年轻人感到敬畏。

“去吧，快走吧！开车注意安全！”

年轻男子连找零都没拿就跑了。诺尔把钱放进收银机，朝伊凡眨了眨眼。

二十四

珀莱塔重新数了一遍钱，然后用铅笔记下赛马者的名字和下注情况。

“下一个。”

小酒馆门外排着队，聚集着很多戴鸭舌帽的赌马者。

服务员已经控制不住局面：“请你们排成一条队！通道被你们挡住了！珀莱塔太太会一个个接待你们的！”

住在周边的居民都听说了，在教堂隔壁的赛马酒馆里能赢钱。轻轻松松，没有任何风险就能赚钱！但要准备好，有个穿蕾丝裙的凶老太太要抽走一部分赢来的钱。

“这老太太怎么知道今天哪匹马会赢呢？”有个嘴里叼烟的人问道。

“别担心，让诺，”另一个人答道，“不是老太太下注，是坐在最后排、躲在显示屏后面的老乔下注。他给我们带钱来。老太太只负责收银。”

“她收银？”

“是的，她收银。”

他们轻蔑地望了珀莱塔一眼。

“别挑刺了，老朋友，每个人都赚钱才是最重要的。快点儿，把钱给人家。”

服务员拿来三杯茴香酒，他们一边祝乔治长命百岁，一边仰头喝酒。珀莱塔把他们的本金收好，记下名字和下注信息，整理好揉成一团的纸币，再用计算器算出总额。

“下一个！”

几天前，他们开始了这个小生意，有了很可观的收入。珀莱塔轻松管理着一切。乔治提供号码，珀莱塔按照每个人的名字下注，大家一起分利。老太太凭着合理和诚实的计算，分到了很大一笔收入。

乔治远离嘈杂的人群，坐在咖啡馆最里面。他在电脑上专心观看五星赛马大赛的转播。保罗给乔治装了最好的设备，确保他可以通过网络观看所有比赛。保罗曾试图告诉他们安装技巧，珀莱塔却制止了他。她对这些没有任何兴趣，唯一在乎的是乔治能接收到他需要的所有信息。

“怎么才能赚更多的钱？”老太太曾问过老先生，可他们的收入已经够高了。

“哎！如果要赚更多的钱，我们必须去赛马现场！”老先生打趣道。

“为什么呢？”老太太非常认真地看着他。

“当然是为了观察赛马。”

那时，珀莱塔一边思考，一边拿茶杯里的勺子不断搅拌。没想到隔一天，保罗就带着各种天线过来了，嘴里还说个没完。

自打那时起，乔治就每天皱着眉头，仔细观察每匹纯种赛马、每位骑手的态度和跑道的质量。他计算赛道距离，研究赛马步伐，观察骑手体重及巴黎上空的云团和天气变化。目光一直聚集在《前三名独赢》杂志、大奖赛评论，以及被他握得发热的笔记本上。

“喂，什么时候才轮到我们赌？”吉拉德在吧台边不耐烦地嚷道。

珀莱塔狠狠白了他一眼。乔治看到赛马上场了。骑手们坐在马上，低声跟训练师讨论比赛细节。

珀莱塔看了一眼老先生，他看起来有些忧虑。她把手上的钱塞进手提包里，离开座位去找他。门外的队伍里响彻着咒骂和埋怨声。

“你准备好了吗？”珀莱塔问道。

乔治抬起头：“我们赚了多少钱？”

珀莱塔在他耳边轻轻说了个数字，老先生吃惊地睁大眼睛望着她。她赶紧给他使了个眼色。他低头递给老太太一张纸：“这是前五名独赢的名单。我完全不担心这些赛马……”

他似乎还有点犹豫。

珀莱塔鼓励他说下去："非常好啊，那为什么愁眉苦脸的？把坏消息说出来吧。"

"我对'好时光'这匹马非常有信心。它虽然年轻，但已经在英国赢了两场大奖赛。它的腿部线条非常美，小跑速度极快。它是可以押上我们全部身家的新秀……也许能帮我们赢很大一笔钱。"

珀莱塔的眼里闪着兴奋的光。

"那就赌吧。"

"但也可能输得很惨。只要鞭子抽得重些，它就有可能被淘汰……"

珀莱塔示意他别说了。她根本听不懂这些鞭子的故事和复杂的唠叨，唯一知道的是，做生意的时候绝不能迟疑。

"乔治先生，到了我们这把年纪，什么都输得起了。"

老先生深吸了口气，在纸上涂改一阵。珀莱塔接过纸，回到办公桌前。她瞥了一眼钟，只剩十五分钟来收钱了，接下来就要交给酒馆老板娘去下注。

大家在酒馆里喝着啤酒。兴奋和紧张的情绪蔓延开来，人们一边碰杯，一边偷偷观察坐在角落里的珀莱塔和乔治。他们的本金是很大一笔钱。

突然，一辆小货车停在花园门口，保罗从车上跳下来。

"珀莱塔太太！珀莱塔太太！伊凡先生在到处找您。"

“你告诉他我在这里？”珀莱塔问道，准备要吼他。

“当然没有。但您肯定想知道他为什么找您。”

“想知道什么呀，榆木脑袋！”

“您儿子给您回电话了！”

珀莱塔变了脸色。在这些醉醺醺的赌徒堆里，她差点忘记了自己的任务！

“我带您回去？”保罗问道。

她犹豫了。

“给我一个小时！”

与此同时，她接过一个长着酒糟鼻、穿着工作服的老男人递给她的钱。

二十五

“这里！我听到他的心跳了！”马瑟琳娜叫起来。

“闭嘴！我们什么都没听到呢。”诺尔说道。

朱丽叶特笑着，肚子上覆着一层冰凉透明的胶质。

妇产科医生今天破天荒地同意让两位女士观察整个B超过程，她以为朱丽叶特是她俩的代孕妈妈，反正这个时代一切都有可能。

“那边！是他的小脚吗？”马瑟琳娜问道。

“当然不是！那是他的鼻子！”诺尔反击道，“朱丽叶特，你看他多漂亮啊！”

“您想知道孩子的性别吗？”医生问准妈妈。

“不，我不想知道。”

一向不喜欢悬念的马瑟琳娜惊呆了。

“那我给孩子选什么颜色的绒线织衣服啊？”

“你一定要断了给宝宝织衣服的念头。”诺尔说道。

“这个孩子非常活跃……”医生说道。

“真主啊。”诺尔一只手放在心脏的位置，感慨道。

“……他长得不大，但很活跃。”

坐在高脚凳上的诺尔叫了起来：“什么叫不大？什么意思？太瘦了吗？已经皮包骨了吗？”

“当然能看见骨头，我们来就是为了看他的骨头。”马瑟琳娜趁机报复道。

“别吵！”诺尔挥挥手，像赶走蚊子一样让马瑟琳娜闭嘴，然后望向医生，“您的意思是他吃得不够多？”

还没等医生回答，她继续道：“没问题的，这个交给我。”

说完，她就站起身，抚摸着朱丽叶特的肚子，仿佛在摸脖子上的奖牌，然后离开了房间。

一刻钟以后，三位女士坐在蔬果摊边的露台上小憩。马瑟琳娜大口喝着薄荷水。诺尔享受着映照在脸上的阳光，她的脚边放着个布袋，里面装满了食物。今天是露天市场开放的日子。

“十欧三盒！十欧！”

因为朱丽叶特想吃，诺尔起身去买草莓。在大厨的家乡，孕妇的一切要求都必须被满足。

“五欧二十个，买吧。这盒杏子也给您，您吃了再告诉我好不好吃。”

有个流动小贩走到她们面前，递给朱丽叶特一个气球。

朱丽叶特瞬间脸红了，她问诺尔：“肚子这么明显吗？”

“因为你身上散发着母性的光，亲爱的。”诺尔答道，“瞧瞧你的头发和皮肤，你看起来就像个公主一样！你得多吃点儿，听到没？”

她戳戳朱丽叶特的脸。

“我敢保证是个女孩。”马瑟琳娜说道。

“真的吗？为什么这么肯定？”朱丽叶特问道。

“我是这方面的专家。”

诺尔忍不住笑出来。专家？马瑟琳娜？在这方面？

诺尔拍了拍马瑟琳娜正在抓花生的手，说道：“别吃了，留给朱丽叶特！没听到医生说宝宝很瘦弱吗？才这么小！”她边说，边伸出小拇指比画着，“你看看这个弱不经风的小姑娘！而你，在我看来就跟瘦弱完全没关系了。”

马瑟琳娜翻了个白眼，埋头看起了报纸。

一阵凉风吹来，旋转木马的音乐和孩子的笑声也飘了过来。诺尔闭上眼睛，沉浸在片刻的宁静中。

“你们听听报纸上这个。”马瑟琳娜揶揄道，“我向大家公布这条消息，希望你能看到。金发，修长，那天你在布雷维尔车站等车。我太害羞，不敢跟你打招呼。你上了往利涅克桥方向的32路车。周四我在老地方、老时间等你。署名：为你着迷的乘客。”

诺尔叹口气：“你会去吗，马瑟琳娜？”

“当然了，”马瑟琳娜严肃地回答，“失望的心就是可以被俘虏的心。今天早上，我看新闻上说现在的男人喜欢成熟些的女性……”

诺尔低头喝水，嘟嘟囔囔地表达“成熟女性”和“半老徐娘”是有很大差异的。马瑟琳娜不理她，默默记住行程。对于制造这种假“偶遇”，她已是专家，经常去结识那些并不在等她的男性，并以搞错或者误解作为借口。这么多年过去，这份美丽的意外逐渐失效，但丝毫不影响马瑟琳娜以新的方式去搭讪。

桌子另一边，朱丽叶特呆呆地望着远方，心里惦记着她的笔记本。

“亲爱的，思绪飘去哪里了？”诺尔仿佛看透了朱丽叶特的心思。

“并没有太远……”

昨天，在伊贝利特的帮助下，朱丽叶特踏上了寻找笔记主人的路。他们从旅店走到图书馆，一路上用粉笔写下笔记里的话：朱丽叶特口述，伊贝利特单膝跪地，把句子写在地上。

“朱丽叶特，这是些什么句子？”

“你一看就明白啦，是关于‘我喜欢’和‘我讨厌’的句子。这是写给某人看的清单，但又不想写得太直白。”

伊贝利特在他破旧的裤子上擦了擦手。

“是谁写的呢？”

“我也不知道。多亏你帮忙，也许他看到这些句子，就会来旅店找我们了。”

伊贝利特双眼发亮：“就像电影《小布塞》一样！”

“没错！说得太对了！顺着这些句子走就能找到笔记了。”

她们走了几步，来到下个路口，路口有幢废弃的大楼。快十一点了，伊贝利特额头上布满汗珠。

“我很喜欢‘绛紫色’这个词。”朱丽叶特一边口述，一边在远处写下另一个句子。

伊贝利特愣住了，说道：“绛紫色？这个词好美！”

“是的，这个词很美！这是种特别的颜色，带点桃红，带点淡紫，又有点深紫色的味道。”

“像晚霞的颜色吗？”

“完全正确，就是晚霞的颜色。你呢，伊贝利特，你会在笔记里写什么呢？”

伊贝利特站起来，噘着嘴。他的卷发在阳光下闪着金色的光。他思考时，成人的身体上带着孩子气的神情，这复杂的画面让朱丽叶特沉浸其中。她感到内心有股柔软在涌动，让她热泪盈眶。她也不明白为什么，或许是荷尔蒙作祟吧。

沉默一阵后，伊贝利特说：“我喜欢你，朱丽叶特。”

他们花了大约一个小时才来到图书馆。在入口处写下笔记上的最后一句话，然后擦擦手，坐上巴士回去了。

午餐时间，朱丽叶特的眼睛就没离开过旅店大门。每个顾客进门，她的心都会咯噔一下。是他吗？不是，是马歇尔。马歇尔绝不可能写出这样的句子。会不会是巴斯蒂安？她仔细观察每张脸，包括那些认识的脸孔，重点关注的是那些从没交谈过的人。她企图从中找到一丝特别的魅力，并惊讶地发现自己期望这个人长得不太难看。

每次被客人呼唤，在餐桌间穿行，她的心都跳得飞快。她没法集中精神，记不住当日主菜，也记不住客人点的单。有个青年走进餐厅，头发乱乱的，看起来有些迷茫。他环顾四周，似乎在寻找什么。朱丽叶特心跳加快。难道是他……？她快步向他走去，围裙口袋里的笔记随着她的步伐敲击着大腿。她的手伸在口袋里，准备把笔记交给他，虽然还不知道该对他说什么。隔壁桌的客人突然对着青年喊起来：“亚瑟，在这儿！你睡着了吗？”

亚瑟如梦初醒一般，朝那张坐了五个人的桌子走去。桌边的人开始嘲笑他的无精打采。

像是为了呼应朱丽叶特的心情，旅店外下起了暴雨，朱丽叶特手上的盘子差点儿掉在地上。雨水冲走了“白天的劳作”——那些彩色的句子消失了，作者或许永远不会被找到。

诺尔用吸管搅动杯子里的冰块，这声响打断了朱丽叶特的思绪，把她带回现实。

“你或许可以在报纸上登个寻人启事？就叫《找到写满奇怪句子的怪册子》。”

“什么册子？”马瑟琳娜好奇地问道。

朱丽叶特叹了口气，目光空洞。

“我捡到的，里面写满了某个人的事。都是些‘我喜欢’和‘我讨厌’开头的句子，确切地说，是本笔记而不是册子……”

“啊，我想起刚看到的小广告……”

朱丽叶特睁大了双眼。马瑟琳娜从她包里拿出手机：“我记得是上周看到的，应该还在网上。”

在她寻找真爱的路上，马瑟琳娜提供了意想不到的有用信息。才点击两下，玛瑟琳娜就找到了很多被她加入收藏夹的交友广告。

诺尔看着这番操作，因玛瑟琳娜对高科技的了解而震惊。

“你等会儿，我找一下……‘寻找一位小个子女士：金发，梳发髻，在地铁四号线上读《斯嘉丽特的道歉》’……不对，不是这个。等一下！等一下！‘遗失’……是这个！”

“遗失启事：九十六页的笔记本，大格子的小本子。如果您捡到，请把它送到‘小方格洗衣店’（这是真实店名），交给安东尼。非常感谢！”

马瑟琳娜得意极了。

朱丽叶特吃惊地张大嘴。安东尼！她兴奋地从椅子上跳起来，搂住马瑟琳娜。

“谢谢！太谢谢了！”

“我告诉过你们要多看广告吧！连讣告都不能放过。”

诺尔思索着："我知道小方格洗衣店。伊贝利特就去那里洗了伊凡的毛巾……这些毛巾太油腻了，我没法把它们扔进我的洗衣机……"她自言自语道。

"一定是因为炸薯条的关系……"

朱丽叶特已经走神了。

"这姑娘已经在心里开拍电影了……"马瑟琳娜打趣道。

诺尔霍地从椅子上站起来。

"老天爷啊！电影！"

"什么电影？"

"拍电影！他们二十分钟后就到了！我们得赶快回去！"

她们抓起装菜的袋子向旅店跑去。

二十六

她们跑进村子时，刚好看到保罗的小卡车经过，珀莱塔和乔治坐在前排。

马瑟琳娜很奇怪：这三个人坐在一起是干什么？

一回旅店，珀莱塔就回到自己的房间。因为兴奋，她还有些眩晕。十五分钟前，“好时光”在比赛中拔得头筹。整个小酒馆甚至整个花园都在乔治宣布“好时光”得第一后，陷入了胜利的狂欢。下了大赌注的酒吧老板娘一把搂住珀莱塔的脖子，差点把她推倒。

“免费请大家喝一轮酒！”有人在吧台大喊。

珀莱塔去找乔治，他颤抖着，眼中泛着泪光。她向老先生点头致意，嘴角挂着灿烂的微笑。乔治朝她伸出了手。

“恭喜你，伙伴。”

她举起杯子，跟乔治碰了碰杯，祝“好时光”身体健康，敬法国赛马协会以及那些什么都不怕的老人。

“谁敢相信呢！”

珀莱塔点点头。三周前，她还一分钱都不敢投给这个二人联盟。珀莱塔等着老板娘把他们的盈利从收银机里取出来。战果丰硕到连乔治也久久回不过神来。

老太太恭喜道："外行？你们是这么说的对吗？"

乔治笑了："没错，珀莱塔太太！你越来越专业了。"

珀莱塔把帽子放在五斗橱上。她依然头晕目眩，干净、整洁、明亮又安静的房间正是她此刻需要的。

她拿起床头的电话，该给菲利普回个电话了。她抬起头，看到镜子里的自己，又犹豫了。该说些什么呢？她拨号，电话响了十几声，转接到菲利普的留言信箱。她挂了电话，决定午饭后打给他。

与此同时，大卡车的轰鸣声响彻旅店前的小路。珀莱塔靠近窗台，向外望去，看到诺尔手忙脚乱地跑进来，后面跟着马瑟琳娜和肚子微微凸起的朱丽叶特。

"拍戏了，伊凡！来拍戏了！"诺尔叫道。

正忙着锄草的伊凡抬起头。要命！他完全忘了要拍戏的事。

几天前，马瑟琳娜告诉他们有个摄制组登报在找取景地，诺尔毫不犹豫地抓住了这个赚外快的机会。

没多久，五辆大卡车载着整个摄制组抵达了，还有一整队的技术人员。小村庄好久没来过那么多游客了。伊凡决定结束营业。朱丽叶特不知该躲去哪里才能不打扰他们，这些忙忙碌碌的工作人员让她晕头转向。诺尔则四处奔忙，拿着毛巾到处擦着手印和脚印。

技术小组成员的腰上都系着工具包，他们调试灯光，低声讨论着，时不时挪动桌子，看看表。

导演走过来跟老板握手。他穿着无袖羽绒背心，乱糟糟的胡子掩在鸭舌帽下。他称赞伊凡的旅店风景如画。老板礼貌地感谢了他，半边脸露出微笑，给导演递去半杯啤酒。伊贝利特跑去跟他们碰杯。

“这是您儿子吗？”制片人问道。

“不是，他是我的租客。”伊凡压低嗓音，“每个村子都有个天真无邪的宝贝，他就是我们村的宝贝。我们很依赖他，对不对，伊贝利特？”

伊贝利特凑到他们身边，亲吻了他们的脸颊，轻声念了首只有他能明白的诗。

屋外，制作团队的餐饮帐篷搭了起来。马瑟琳娜迅速拿了些糖果和糕点，送给那些肌肉发达的年轻技师。其中一个被他的同伴推出来跟伊凡打招呼。

“您的餐厅可以提供午饭吗？我们在周边转了一圈……只有您的菜单让我们食欲大开！”

伊凡用目光询问大厨。诺尔一字不落地听到了对话，她朝伊凡回了个眼色。

“当然没问题！”伊凡已经即兴盘算起菜单，“我们会安排好餐食的！”

不到二十分钟，三十来个男人就聚在椴树下临时支起的桌子前，喝起了餐前酒。

“祝伊凡先生身体健康！”

“干杯！”马瑟琳娜在两个男人中间找到了一个位置，挤了进去。

香味从厨房传了出来，好几个人把这当成鼓励信号，迅速把餐布围到脖子上。薯条的浓香激起了他们的食欲，其中好几个人开始拍打餐具，希望餐食可以更快出现在面前。喝过红酒后，大家的精神更加振奋，大口啃着面包。筐里的面包都被吃光了，芥末和放橄榄的纸杯也空了。大家的肚子饿得咕咕叫。

在诺尔和朱丽叶特的帮助下，伊凡双手端满餐盘，跑着出来了。

“莫城芥末兔腿煨茴香。”

餐桌上的客人用最热烈的方式欢迎他。伊凡把菜放在铺着红白格大餐布的桌上。

“薯条可以畅吃！这是大厨诺尔款待大家的。”

震耳欲聋的欢呼声与碰杯声迎合着伊凡的好消息。伊凡无比欣慰地抚摸着胡子。他最享受作为欢乐制造者的时光。

技师们大声交谈，大口喝酒吃肉，充满活力与快乐。装薯条的碗递到每个人面前，很快就空了，然后被送进厨房，再被满满地端出来。

“敬诺尔，太棒了！”

“没错！”客人们似乎被老板的薯条彻底征服了。

不到半小时，大家就风卷残云般地吃光了所有食物，盘子空了，手指都油腻腻的。好几个人都打着饱嗝，连皮带都松了一两格。伊凡很满意，示意诺尔可以上甜品了。

“今天的甜品，是我们的特色：三种朗姆酒松软蛋糕！”

伊凡的介绍迎来了肌肉男的欢呼。在这群快乐的人眼中，伊凡仿佛是个长胡子伟人。他推出甜点台，显眼的位置放着三杯深色的液体，他用夸张的语气说道：“有机白朗姆酒，获过巴黎2013年农展会朗姆酒铜牌，自制香草、绿柠檬以及柑橘。大家要什么？”

一片欢声笑语中，大家再次庆幸选择了这家旅店。

珀莱塔坐在露台上，被这片充斥雄性荷尔蒙的吵闹场面搞得筋疲力尽，大喊道：“喂！下午两点了，你们还在吃吃喝喝就算了！我可是付了房租的！要是你们下午六点前不收拾完滚蛋，我就跟你们没完！”

伊凡赶忙跑过来安抚老太太。这群酒足饭饱的壮汉被朗姆酒刺激过头了，又爆发出一阵笑声。导演坐在远处树荫下抽烟，目睹了这一切。他熄灭烟头，走到老太太身边。

“先生，有何贵干？”珀莱塔吼道，“去把胡子刮掉吧！你是要饭的吗？真是倒胃口！”

她推开几乎没动的碟子。导演露出满意的微笑，朝她伸出手：“埃德蒙德·丹特斯。”

珀莱塔充满狐疑，勉强碰了下他的指尖，回敬道：“我希望你的命运没有看起来那么悲惨。”

“我猜您就是珀莱塔太太？”

“正是。”

“珀莱塔太太，您以前演过戏吗？”

“没有，当然没有。弹钢琴没问题，演戏绝不可能。我父亲要是知道，大概会突发心脏病！”

说着，她用餐巾擦了擦嘴角。

“您看，现在演场戏怎么样？”

“现在？什么意思？年轻人，把话说清楚些！你是在浪费我宝贵的时间！”

伊凡走了过来：“珀莱塔太太，这位先生的意思是，您可以在他们正在拍摄的电影里扮演个角色。”

“就是那个珀莱塔！”桌上有个人叫了一声。

珀莱塔朝乔治的方向望了一眼。他刚在阳光下吃完甜品，对她笑道：“到了我们这个年纪，什么都可以尝试，根本不用怕输。”

珀莱塔耸耸肩，他是在说她呢，并不是赛马。

她打开折扇，望着等她答复的年轻人，故意装腔作势起来。这么做并非为了满足人们对她的期待吧？她赶忙把这个念头从脑海里赶走。都到这个年纪了，说实话！他们多半等着嘲笑她这个老太婆吧！

导演保持着温柔又不失魅力的微笑，似乎在鼓励她。坐在窗边的马瑟琳娜和诺尔仔细听着他们的对话。珀莱塔红着脸，放弃了思想斗争，接受了："就这一次！"

餐桌边爆发出热烈的欢呼声和碰杯声。

一小时后，珀莱塔化完妆，站在午后的阳光下，面对一个梳辫子、鼻子小巧精致的金发美女。两人争论着。在摄影机后，整个旅店的人都为她屏住呼吸。珀莱塔死活记不住台词。

"我永远都会支持你的，贝朗洁……"

"停！"导演助理从椅子上跳起来，"珀莱塔太太，是贝内迪克特，不是贝朗洁。"这是他第三次纠正她。

"真是见鬼！你们给她改名字吧。贝内迪克特，你们觉得这也是人名吗！是大反派吧！"

伊贝利特和朱丽叶特偷偷笑起来。导演助理或许给出了他此生最多的耐心，他担心太阳就快下山了。

"来吧，珀莱塔太太，再来一次！这次一定能过！来吧！"

场记拿出黑白的场记板，在死气沉沉的镜头前"咔嚓"拍了一下。珀莱塔翻了个白眼，对面的年轻女孩看着她。珀莱塔说道："我永远都会支持你的，贝内迪克特。如果你爱他，就听从你的心意去吧！"

"咔！"副导演又叫了起来，"温柔些，珀莱塔太太，毕竟您是她的母亲……"

"她母亲？你们觉得我们长得像吗？你们拍电影的水平跟我做的果酱一样糟糕！我要是有个女儿，才不会像她这么装腔作势！"

对面的女演员张大了嘴，不知如何作答。导演助理满脸困惑地看着导演。导演也是一脸无奈。

正在这时，乔治起身走向珀莱塔，给她拿了杯气泡水和一块杏仁蛋糕。他在她耳边说了几句话。他们像两个准备恶作剧的小学生似的，低声笑了起来。诺尔透过厨房的玻璃窗，将这一幕尽收眼底。过了一会儿，珀莱塔直起身子，眼中含着笑意，朝乔治点了点头。

场景板再次响起。珀莱塔出人意料，露出了充满戏剧性的表情和母亲的柔软："我永远都会支持你，贝内迪克特。如果你爱他，就听从你的心意吧。"

所有工作人员都鼓起掌来。年轻演员跳过来，搂住珀莱塔，激动不已。

"拍摄完成！"

欢呼声和祝贺声此起彼伏。珀莱塔拿过拐杖，从台阶上下来，小心着不被脚下到处散落的电线绊倒。

“太无聊了……”她低声自言自语，“怪不得现在法国国力如此不盛！”

乔治重新埋头看起报纸，嘴角挂着一丝微笑。诺尔的目光跟随着珀莱塔太太，饶有兴致地点了点头，回到灶台上继续工作。生活真是充满意想不到的快乐。

当卡车装完最后一批电线时，太阳已经下山了。一小时内，旅店就恢复成早晨的样子。摄制组人员握着伊凡的手臂，承诺只要有机会一定会再来。诺尔把钱放进收银机，心里想着他们还缺少的金额。

二十七

这天晚上，大家围着餐桌，热烈地聊天。

“喂，别动！这是特意给朱丽叶特做的。”

诺尔赶走马瑟琳娜的手，把一碗粗面粉*端到朱丽叶特面前。她把胡萝卜、西葫芦、鹰嘴豆和汤汁浇上去，再添上几颗葡萄干。接着，她拿着大勺在粗面粉里翻捣了会儿，挑出几块最好的羊肉。

“这是羊眼、羊肝和羊脑。吃吧，小公主，为了肚子里瘦弱的孩子！”

朱丽叶特把碟子拿到圆滚滚的肚子前面，让宝宝也闻闻菜的香味。

“羊眼！太可怕了！”马瑟琳娜叫起来。

诺尔瞪了她一眼，连雷昂在看到这道粗面粉时也没有发表意见。只要涉及宝宝的健康，大厨就会充分发挥创造力，满足朱丽

* 北非及意大利南部撒丁岛、西西里岛等地的一种传统美食。它是用杜兰小麦制成的，外形有点像小米。

叶特的需求。

“真是绝妙的一天，对不对？”马瑟琳娜还沉浸在与摄制组相遇的兴奋之中。

“特别是珀莱塔。”朱丽叶特对老太太的崇敬一天比一天强烈，“她表现得很不错呢。”

“没错，特别是她记住台词后。”马瑟琳娜嘲讽地说道，她因乔治对老太太的关注而感到妒忌。

今晚，珀莱塔早早上床睡觉了。在经历了“好时光”的大获全胜和自己的“银幕首秀”后，她的情绪也很复杂。

“来吧，朱丽叶特，再吃点。”

朱丽叶特做了个停止手势。这时，电话铃响了，伊凡走到吧台后接电话。他嘴里塞满食物，含糊地说着：“喂？我在听。”

住客们忙着埋头吃饭，丝毫没注意到老板逐渐阴沉下来的脸，也没注意到他一下子显得万分疲惫，眼神略显呆滞。他说了句“谢谢医生”就挂了电话，手却久久停在电话机上。

朱丽叶特双手抚着圆润的肚子，看着老板问道：“您说，是不是很快就能在电影里看到珀莱塔了？”

大家的目光都望向老板，他的神情却有些恍惚。

“伊凡先生？”

老板没有回话，径自拿起碗碟走向厨房。大家面面相觑，他是怎么了？

诺尔去找伊凡。她把碟子里的剩菜倒在垃圾桶里，再把碗碟放进洗碗池。

“出了什么事吗？”她问道。

老板默默地点点头，朝花园走去。

约莫一小时后，朱丽叶特走回自己的房间时，经过了乔治的房间。她停下来，轻轻地敲了敲门。

“马瑟琳娜，我跟你说过，我什么都不需要。”乔治的声音从门后传来。

“是我，乔治先生。”朱丽叶特轻轻说道。

乔治笑着打开了门：“晚上好，朱丽叶特！”

“晚上好，乔治先生。您好吗？您没下来吃晚餐，我就想来看看您有没有事。”

“你真善良，朱丽叶特。事实上，我中午吃太多了，晚上的粗面粉对我而言没有什么吸引力。你还好吗？”

“长胖了！马瑟琳娜问我重了多少。诺尔给我塞了好多粗面粉，可把马瑟琳娜乐坏了。伊凡先生不让我端菜上桌了，生怕把我累着……”

她坐到床边。电视屏幕上，正在播放赛马的慢镜头。

“您今晚不看电影吗？”

乔治关掉电视机。

“不，今晚我们自己演电影，你想去纽约走走吗？”

朱丽叶特闭上双眼：“那我先开始！”她欢快地说道，“我们在哈德逊河边，坐在草地上，望着河面。轮船朝自由女神像驶去。天气凉爽又舒适，我们走向……”

“走向屠宰场和肉铺区，紧跟一位老先生的步伐。我们看着路边的彩色招牌和积水的屋顶。我数下来有五个，你呢？”

“六个！我们在十五大道拐弯处——奥利奥工厂边的意大利小饭店休息一下……嗯……尝尝这里的生火腿……真是人间美味！我们沿着贝里克大街走……”

“这是我最爱的一条街！”

朱丽叶特和乔治都笑了。

老先生继续在想象中漫步：“在铺着沥青的霍雷肖广场上，几个壮汉正在抢一只橙色气球。更远些，在路的尽头，有人牵着八条狗在散步！我们继续走上一条阴森的街，查理大街的小房子前都装饰着各式各样的大南瓜和骷髅……万圣节快要到了！”

“我们在‘木兰面包房’门口停下。橱窗里放满彩色的纸杯蛋糕。我要了个香蕉布丁，小杯就够了。他家的蛋糕都做得特别大！”

“啊！在这里似乎听到了珀莱塔的声音！”

这一老一小笑出了声，朱丽叶特拿起一块饼干。

“您最后一次去纽约是什么时候，乔治先生？”她问道。

老先生的神情变了：“是……很久以前了。”

朱丽叶特看着他，不确定他是不是想讨论这段往事。因为尴尬，还是因为忧愁？

“我很想去一次……”她说道。

老先生的眼睛似乎亮了，但没有回答。于是她换了个话题。

“明天的游泳课您准备好了吗？”她打趣道。

老先生变得激动起来：“告诉我，朱丽叶特。为什么现在连做运动都要集体行动？每天一起吃饭，饭后一起玩‘妙探寻凶’，而且每次玩都搞得不欢而散。这些还不够吗？”

朱丽叶特扑哧笑了出来。马瑟琳娜有时候缠着乔治，让他不好意思拒绝。

“算了，乔治先生，我要是您，就不会烦恼。马瑟琳娜做运动，就跟伊凡为了糖尿病而控制饮食一样，不会持久的。要她持续运动，恐怕比改变地球转向还要困难。再去几次泳池，就不会有人再去了。我跟您打赌，赌一盒露依饼干。”

老先生似乎没有被说服：“至少明天你会跟我们一起去泳池吧？”

朱丽叶特犹豫了。她想趁明早的空闲去小方格洗衣店把笔记本还过去。

乔治用探究的目光看着她。

她从口袋里掏出了笔记本，交给老先生：“这是个很长的故事。”

接着，她把如何在图书馆找到笔记、那些神秘的句子、街上被大雨冲掉的字，还有马瑟琳娜的小广告都一五一十地告诉了乔治。

乔治仔细听着她的话，被她的故事和眼里的光芒感动了。

“你打算怎么做？”他问道。

这时，珀莱塔推门走了进来。

“关于什么？”老太太问道。

乔治急忙站起身，给她挪了地方。珀莱塔按住他的手，让他别客气。乔治的心湖就像投入了石子一般，泛起一阵涟漪。

“晚上好，珀莱塔太太，您还没睡吗？”朱丽叶特跟她打了声招呼。

“我失眠了，正想找你。能给我泡杯洋甘菊吗？”

她的声音不大，却充满命令的口吻。然后她一把抢过乔治手里的笔记本，说道：“这又是什么东西？”

朱丽叶特重复了一遍她的故事，乔治趁机了解了更多细节。

“我说，你怎么还没去洗衣店找安东尼呢？等什么呢？”珀莱塔问道。

朱丽叶特脸红了。

“也许她并不打算去还笔记本？”乔治试探地说道。

珀莱塔表示不理解。

“没错，从某种程度来讲，或许朱丽叶特是担心感到失望吧？”老先生解释道。

朱丽叶特望着乔治，他们的想法是一样的。他和她心有灵犀，很多话不用说得太直白。朱丽叶特觉得乔治年轻的时候一定很讨女生欢心。他心思细腻，懂得在适当的场合，得体地赞美女孩。

“哎呀，得了吧！别前怕狼后怕虎了！”珀莱塔叫起来，“还得跟你们说多少遍！生活抛来了橄榄枝，你们却躲在这个破旅店里不肯接！得了，朱丽叶特，快去找安东尼！最坏的结果就是爱上他，但你会重新振作的！”

朱丽叶特深吸一口气，看起来深受刺激，也喊叫起来：“您难道从没怕过任何事吗？”

珀莱塔沉默了。乔治极不自在，小心摆弄着自己的鞋子。当然，仔细想想，珀莱塔也有害怕的事。但她不想对朱丽叶特说，事实上，她不想让任何人知道。

“我在自己房间等你给我送洋甘菊茶来！”她边说边站起身，“晚安，乔治。”

过了一会儿，有人敲了敲珀莱塔的房门。

“你动作还挺快的。”珀莱塔坐在床上，把她正在读的信叠好，放进床头柜的抽屉里。

进来的却是伊凡。他小心关上了身后的门。

“我打扰到您了吗？”他半边嘴一动不动地问道。

珀莱塔意外地望着他，让他靠近些。

“我能为你做什么，伊凡？”

“联系上您儿子了吗？”

“还没有。老是转到语音信箱。”

伊凡因老太太的平静而感到震惊。她想离开这里的迫切想法消失了吗?

“你是为了跟我讨论我儿子，才来的吗?你不用担心，我会安排好自己的事。”

伊凡清了清嗓子，说道:“珀莱塔太太，纪劳丁医生打过电话来。”

他咽了咽唾液，嗓子很干涩。老太太取下眼镜，镇定地把它装进镜盒。

“伊凡，我不想把你掺和进……”

“您知道诊所为什么打电话来，对吗?”他打断她的话。

他眼里的情绪暗示他无法继续说下去。这个内心柔软又善良的大个子，讨厌自己成为带去坏消息的人。他不忍心，也不愿把那几个字说出口。

珀莱塔静静地望着他。

伊凡终于说道:“下周二我会送您去诊所，您跟医生有个预约。”

他本来想多说几句，此时却有人敲门了。朱丽叶特手里拿着托盘，里面放着一个冒着热气的茶杯。伊凡借机向老太太道晚安，心情沉重地离开了房间。

二十八

朱丽叶特在脖子上系了条丝巾，又飞快地把它取下来。她对着房里的小镜子，涂上粉色的口红，又拿纸巾迅速擦掉，嘴角因为用力过猛而变红了。她盯着镜子里的自己看了半天。

她在期待什么？那个把生活拆分成短句、成天躲在图书馆冷门书架后的人会是什么样的？他见到她又会怎么想呢？

我讨厌她小腿的形状。

我喜欢她灰色的眼睛。

我喜欢她手上的蓝色血管。

我讨厌她笑起来时，连咽喉都能看到。

她在镜子里仔细观察自己的牙齿，张大嘴看着自己的唇。她眨眨眼睛，露出一抹微笑。如果在自己的笔记本里，她又会写些什么呢？

我讨厌女孩的牙齿上沾有唇膏。

我喜欢身上带着洗发水味道的人。

我讨厌留长指甲的女孩。

我喜欢用铅笔绾发的女孩。

雷昂走进房间，朝她叫了一声，举起爪子挠她的小腿。

“你好啊，雷昂。你想让我摸摸你，对吗？”

她蹲下来，摸了摸雷昂毛茸茸的下巴。雷昂发出幸福的咕噜声，它仰起头，好让朱丽叶特轻轻去挠它的喉咙。她顺着雷昂的背揉到尾巴，手上留下一撮猫毛。

“你毛那么长，一定很热吧，可怜的雷昂……”

她洗了洗手，回到浴室的小镜子前梳头。雷昂站在浴室的地垫上，温柔地望着她。朱丽叶特在心中默列着笔记里的清单：

我讨厌戴手链的男人。

我喜欢眼睛周围有疤的男人。

我讨厌短袖衬衫。

我喜欢看电影会哭的男人。

楼梯上传来嘈杂的说话声，乔治和他的小分队要出发去泳池了。朱丽叶特笑了，回想起珀莱塔昨天的话，于是拿着手提包离开了房间，雷昂紧紧跟在她身后。

室外艳阳高照，朱丽叶特慢慢骑着自行车。隆起的肚子有点妨碍她抬腿，但在夏日连衣裙的遮盖下，很难看出她身上还“带”着个人，他们一起前往邻村。

微风拂面，她戴着一顶大草帽，鼻尖晒得红红的。她把自行车停靠在墙根，有只蝴蝶落在车把上。街对面，“小方格洗衣店”的招牌有一半字迹已经模糊不清，似乎在阳光下枯萎了。

朱丽叶特用手遮挡阳光，透过橱窗往里看。整排洗衣机的门都开着，像是张大嘴巴、饥饿地等人用脏衣服来喂饱它们。洗衣房像是废弃了一般。

朱丽叶特把手伸进包里，指尖摸到的笔记安抚了她的心。她背靠着墙，盯着人行道的横线陷入沉思。她要走进洗衣房，找安东尼，把笔记还给他。可能他是个秃顶没牙的老先生，一句道谢也没有就接过笔记，她不切实际的美梦将即刻破灭；故事的转向也有可能是一部小成本喜剧：主角把脏袜子扔进洗衣机，拥吻他的情人。

有只小猫从街角跑过来，尾巴上挂着条细绳，绳后面系着个空罐头。一群兴奋的孩子紧追着猫，从她身边跑过。她试图拦下他们，但没能成功。

她气愤地挺直身体，推开了洗衣房的门。生活可不是童话，爱情故事和露水情缘的结局通常不太理想。人应该勇于接受生活的磨难，而不是活在自己的小世界里，一把火就窒息而亡了。

刚推开门，洗衣粉的味道就漫进了鼻腔里。电风扇在房间角落呼呼转着，吹动了桌上的旧杂志。在距离入口最近的地方，有台洗衣机正在运转，旁边放着个空洗衣篮。

“有人吗？”

洗衣机发出“哔”一声，算是对她的回答。她在室内走了走，一扇打开的门背后有个小房间，书桌上铺满了纸，应该是办公室。

她犹豫着要不要把笔记本放在桌上，或者留个字条。正在找铅笔时，背后的门打开了，街头的嘈杂声传了进来。朱丽叶特紧紧握住笔记本。

“您需要帮忙吗？”

他应该三十岁上下，有双大大的蓝眼睛和灿烂的笑容。朱丽叶特紧张到不知该说什么，手臂紧紧夹着笔记。他走过来，从头到脚地打量她。

“不好意思，我刚去买烟了。您是需要零钱吗？”

我喜欢听到零钱掉在收费站钱箱里的声音。

我喜欢收银员把硬币卷在抽屉里拆散的声音。

我喜欢储蓄罐底部的塑料小阀门。

“不，不，我不需要零钱。我是来还小册子的。不对，是笔记本，我看到了您登的广告……”她的声音极小，似乎只有一小部分声带在发声，勉强能被听见。

青年望着她，用口香糖吹了个泡泡。

“您饿吗？”他问道。

她瞥了眼墙上的钟。现在还不到十点。

“饿了，为什么不呢？”

“您叫什么？”

“朱丽叶特。”

他点了点头，邀她出门，并帮她开了门。

他带她走向小酒馆。教堂的钟声敲了十下。他们在露台的栗子树下找了张桌子，树上的花带来阵阵清香，像是在欢迎她。他打了个响指，叫来服务员。

“卡罗尔，一杯咖啡，一份奶油火腿三明治和……”

他用眼神询问她。

“一杯薄荷茶！”她赶忙回答。

他点了支烟，把打火机扔在桌上，舒服地靠在椅背上。他的下巴微微扬起，灼灼地盯着她，嘴角漾起一丝微笑。为了摆脱尴尬的气氛，朱丽叶特开始跟他聊天。

“您在洗衣房工作很久了吗？”她的话还没说完，就停下了。这种提问真的毫无意义。

“可以这么说……”他的视线始终没有离开她。

朱丽叶特想到了那本笔记，其实自己算很了解他了。他完全不怀疑她看过了笔记里的内容吗？

我喜欢安静。

我讨厌不让别人把话说完的人。

我喜欢帮别人找到准确的词语来表达。

服务员在他们桌上放了法棍三明治和花生。安东尼吐出几个烟圈，然后把烟蒂掐灭在烟灰缸里。

突然，有个想法在朱丽叶特脑海里一闪而过。虽然很快消失，但她有些不快。她轻轻抚摸一直捏在手里的笔记本书脊。

我讨厌烟蒂上残留着没抖落的烟灰。

“您在附近工作吗？”他边问，边给自己的咖啡加糖。

“不。但其实离这里不远……我在旅店做服务员……”

“伊凡先生的旅店？”

“对，没错……”

他咬了一口三明治，有块火腿掉在地上。

“那个长得像卡西莫多一样的老头！”他大笑起来，张开塞满食物的嘴，“那里只有老家伙，对不对？”

朱丽叶特再次感到不满。

我讨厌咬叉子的人。

我讨厌张大嘴吃东西的人。

有只小蚂蚁发现了掉在地上的火腿。朱丽叶特观察着蚂蚁，想鼓励它把火腿拖走。她的邻座顺着她的目光，也望向地上。他发现昆虫后，用运动鞋的鞋底一下踩死了蚂蚁。

朱丽叶特决定不再羞答答地试探。

“您经常去图书馆吗？”

“哦，不！书本和我不产生任何关联：我，书本，电视机。都是独立的。”他满足地笑起来。

朱丽叶特的心仿佛落到地上，碎了一地。她把心捡起来，拍掉上面的灰尘。

她坐直身体，把面前的杯子推开。周围的男性面前都放着咖啡，正在看报。朱丽叶特很好奇，他们的妻子在哪里。

“您还没告诉我，您叫什么？”她紧张地问道。

“塞尔日。跟那个卡通人物一样。只是我喜欢拿钱，不喜欢拿气球。”

他又笑了起来。朱丽叶特冷冷地打断他：“报纸上登的广告署名是安东尼。”

“没错，他不在的时候，我负责看洗衣房。”塞尔日说道。

她咬紧牙关，沉默了一会儿，指甲深深掐着笔记本的封面，现在她完全不打算把笔记本还给他。

“为什么您假装是另一个人？”她爆发了。

短短一句话响彻了整个教堂广场。塞尔日诧异地瞪大双眼。

在毫无预警的情况下，朱丽叶特大声斥责道：“您跟其他人一样！是个自私而窝囊的骗子！我们在一个全是您这种人的世界里怎么活下去？那些充满诗意和浪漫的心要安放在哪里？这个世界总该给我们这种人留下些什么吧？”

她的眼里满是泪水。塞尔日嘀咕了几句，完全不理解眼前发生的这一幕是怎么回事。他并没干什么坏事，只是请她喝杯咖啡，不至于到了世界末日的地步吧！

“别告诉我，您带我来这里什么目的也没有！”

朱丽叶特完全是在喊叫了。整个露台咖啡座一片寂静。

正在这时，珀莱塔突然出现在咖啡馆门口。

“朱丽叶特？”

朱丽叶特抬起头，看着老太太。她来这里做什么？在她身后，乔治和保罗也忧愁地望着她。

“来吧，朱丽叶特，我们回家。”

朱丽叶特含泪离开咖啡座。保罗把她的自行车扛上小货车。

四个人朝旅店的方向飞驰。

他们沉默地行驶在乡间小路上。朱丽叶特的鼻子顶着窗户，心里还在抱怨。

保罗在方向盘后，朝她投去担忧的目光。“你还好吗，朱丽叶特？”

朱丽叶特抽泣了一声，作为回答。

珀莱塔恼火地打开手提包，从里面拿出一块带有刺绣的手绢，递给小姑娘。

“拿着！可以省省那些粗鲁的哭声了！”

朱丽叶特一下坐直了。

“都是您的错，珀莱塔太太！是您让我跟他见面的！”说着，一颗泪珠滑落脸庞。

“好了，别抱怨了！你要是没那么蠢，也不至于发展成这样！看看你自己！捡到本笔记，看了几页，就打算跟这个想象出来的人坠入爱河了！够了！醒醒吧，小姑娘！你不是十二岁了！命运各有不同，对谁都不会格外宽容，明白吗？”

乔治尴尬地目睹这一切，只得盯着眼前的路。从今早开始，珀莱塔一直很奇怪。早上他去接她时，给她送了把乡间的小野花，可她连看都不看他一眼。这种冷漠的态度让他无所适从，他的心思完全无法集中到赛马上。在这种时刻，他下注水平明显下降，运气白白溜走了，他连最基本的规则都没记住。酒吧里很多人输了钱，这样一来，更没法安抚珀莱塔的情绪了。

保罗在旅店门口停下。朱丽叶特飞快地跳下车，跑进旅店，大步上楼，回到了自己的房间。正在小黑板上写今日菜单的伊凡还没来得及打招呼，她就不见了。

珀莱塔进来时，也是铁青着脸。

“哦，珀莱塔太太，刚好，我……”伊凡抢先说道。

“早安，珀莱塔……”一个尖利的声音从餐厅的最里面传来，打断了他的话。

老太太顿住了。

科里娜朝他们笑着，面前放着一杯粉红葡萄酒。

二十九

珀莱塔非常不情愿地走到窗边。儿媳抓着她的手臂，对着空气跟她做了个贴面吻。

“你的气色好极了！看来乡下的空气对你很有好处啊！”

她朝伊凡做了个手势，示意他再给自己来杯酒。

“你要喝什么吗？”

珀莱塔摇摇头。她看起来不带一丝感情，这何尝不是彻底心灰意冷的表情。先是乔治把赌注押在了错的马上，现在科里娜突然出现在旅店。这一天真是糟透了。

科里娜在零食袋里一边翻找，一边说道：“我本来还非常担心，你知道吗！听到你的留言后，我想到了最坏的结果，甚至没敢让菲利普听留言。实话跟你说，他需要烦心的事够多了。但看看你现在精神矍铄的样子！伊凡先生，能再给我们来点儿薯片吗？”

珀莱塔目光灼灼地望着科里娜，把轻颤的手放在膝盖上。菲利普连她的信息都没收到。她立刻明白了科里娜的殷勤——这个嫉妒的王后想要隔离自己和国王。珀莱塔相当于被囚禁了，科里娜要让她沉默着消亡。

她想起菲利普小时候躺在婴儿床上的样子。他天鹅绒般的皮肤、平静的呼吸，小小的手指捏着破旧的毛绒玩具——他叫它穆迪。红扑扑的脸笑盈盈的，两只眼睛像小葡萄一样。她清晰地记着那种担心幸福会消逝的不安，徒劳地期待时光可以慢点走，希望孩子慢些长大，长大后不要离她太远。她想到那些充满了欢笑和巧克力香气的下午茶时光，她和朋友们打趣未来儿媳的样子。她的心抽紧了。

科里娜从手提包里拿出一包奇怪的东西，它用旧报纸裹着。她满脸通红地说道："我给你带了件礼物！"

她特意在"礼物"这个词上发了重音，像是等待过圣诞的孩子。珀莱塔打量着儿媳。她戴着夸张的大耳环，涂着鲜艳的口红，和年底的圣诞树真有些像。

科里娜更大声地说:"我也给你的新朋友带了礼物！"

诺尔在厨房里狠狠瞪了眼科里娜。这个香水味浓重的喜鹊，讲话装腔作势，让诺尔非常厌恶。

"这是给你的。"科里娜拿起一盒东西，塞在婆婆手中。

珀莱塔完全不理会她。

"快点，打开看看！来，我来帮你。看这个，多漂亮，对不对？"

她从老太太手里拿过项链，想套在她脖子上。她眯起眼睛，努力寻找项链的搭扣。

“小姑娘，能过来帮我一下吗？我刚做过指甲，不想把指甲弄坏。”她边说边指挥经过的朱丽叶特，让她把搭扣扣上。

“好了，看看这个！太漂亮啦！”她夸张地往后退了一步，假意欣赏。

珀莱塔不觉得戴着这个由牛屁股皮做成的彩色杂链子能有多好看。

“这是马萨伊族的项链！我们在当地集市上找到的，我和艾利克斯一起选的。对了，他让我问奶奶好。”

雷昂趴在窗台的阳光里，饶有兴致地看着这一幕。科里娜在桌上放了一堆木头玩具，拿起一个，递给吧台后面的伊凡。

“这是给您的！这是木雕斑马，来自蒙巴萨。我非常喜欢这些动物造型的雕塑。太了不起了！真的，这真是人生的必经之旅！”她停顿一下，喝了口微温的粉红葡萄酒，继续说道，“那里真像另一个世界！孩子纯净的眼神，老奶奶慈祥的面容，还有他们简陋的房屋……他们一无所有，又像拥有全世界。虽然贫穷，但他们真的很相爱！你们看看这个！”

她拿起一只大象木雕，放到马瑟琳娜面前。

“您看这做工！我自己买了只刻在乌木上的长颈鹿木雕。那东西有这么大，在机场打包的时候，菲利普的脸色难看极了！”她笑起来。

“您没法想象，他们是在怎样的条件下完成这些雕刻的。他们用最简陋的工具，坐在布满尘土的房里，做出了很多东西！一件又一件……”

听完，三个坐在吧台上的常客打了个冷颤。这些关于动物和食人族的故事对他们来说一点意义都没有。这个女人从包着报纸的杂货堆里拿出来的“东西”，让他们恨不得一拳砸烂，甚至这样都不解恨。有个戴着鸭舌帽的常客扔了几个硬币在柜台上，离开了餐厅。

“这里挺热的，是不是？”科里娜向身边的人说道。

只有电风扇给了她回应。

“您想吃点什么吗？”朱丽叶特拿着菜单，走过来问道。

“好呀，非常乐意！你呢，珀莱塔，陪我一起吃点吧？这样吧，我们要份牛排和芥末兔腿，写在那边板上的。你们还有这道菜吧，小姑娘？就这些吧。”

珀莱塔挥挥手，示意无所谓。面对这种处境，她确实什么都无所谓。

“无论如何，看你笑得这么灿烂，我觉得很高兴。你刚走进餐厅的时候，我差点儿认不出来！我跟菲利普说，你在这里一定会适应的。他当时很犹豫，这很正常。你知道的，男人总是需要有人在后面推一推，才会动一动。这粉红葡萄酒还真不错！有时候在这种地方，真能有些惊喜的发现呢！”

朱丽叶特把包着纸巾的餐具拿了过来。科里娜注意到她微微隆起的肚子。

“哟！看来有人正在等好消息啊！恭喜你！你是孩子爸爸吗？”她望向伊贝利特。

“不是。”朱丽叶特冷冷地回答。

科里娜撕了一块面包，塞进嘴里。伊凡趁着这个机会走向她们，拉过一把椅子坐下，巨大的身子靠在桌边。

“梅西耶夫人，纪劳丁医生打过电话来。”他的声音听起来非常沉重。

她涂了点芥末在面包上：“是吗？”

“是的。”他顿了顿，露出明显的愤怒。

“由于联系不上你们，我就自己为珀莱塔太太做了预约。既然你们旅行回来了……她的预约时间是周三早上十一点……”

科里娜擦了擦手，在包里翻找了一阵，这是个巨大无比的鳄鱼皮包。她在包里找出一本小小的镀金笔记本，涂着指甲油的粗短手指翻阅着笔记。

“等一下，让我看看……周三，周三，周三，找到了，周三！不行，那天我有约了！对不起！这个约会不能改期，我们约了三个月了……”

她快速翻页：“下周全都约满了！”她边说边摇头，“开学周，您要理解……您介意带她去复诊吗？”

朱丽叶特在桌上放下两大盘冒着热气的菜。科里娜快速合上笔记本，扔进包里。

“啊！真香！可对减肥没好处！”接着，她朝厨房大喊起来，“您是用了有机油吧，那个谁……她叫什么来着？”她低声询问朱丽叶特，接着道，“啊对！诺尔！诺尔太太？”

大厨充耳不闻。

“孩子预产期什么时候？”科里娜满嘴食物，用餐刀柄指着朱丽叶特的肚子。

“梅西耶夫人，我认为您婆婆真的需要……”伊凡重复道。

“你知道吗，我那两次生产可都是灾难！灾难！真的，我对天发誓！艾利克斯出生的时候，我抓着菲利普的手说‘再也不生了’，怀孕以后整个腹部都被破坏了，还有妊娠纹，甚至还有痔疮！他们说‘用力’！说得倒轻巧！又不是他们生孩子！”

她用手肘顶了一下珀莱塔，以期得到她的赞同，然后一口喝完了杯里的酒。

“我再要小半杯，伊凡先生。”

伊凡望着她，内心却在咆哮。那个气焰嚣张的珀莱塔去哪里了？这个目光呆滞、默默忍受侮辱而一言不发的人是谁？

科里娜在盘子里挤了些番茄酱，从她婆婆的盘子里拿了几根薯条。她看了一眼钟，跟着伊凡走向收银台。

“好了，伊凡先生，我还没正式感谢您。您为珀莱塔做的一切，我和菲利普都很感动。我应该给您多少钱？我可以把整年的费用付给您吗？”

“梅西耶夫人……”

“要的要的，我坚持要付。这样我们就两不相欠了。”

诺尔从传菜口探出头来，示意伊凡收下它。

珀莱塔需要他们，看看这个女人就知道珀莱塔想躲避怎样的生活了。珀莱塔决定离开，一点儿都不让人意外。从这个女人身上，他们一下就了解到了老太太的难处。被抛弃在离家很远的地方，儿子连看都不来看她。一切都是拜这个女人所赐，她想尽一切办法把婆婆赶走了。

诺尔走出厨房，一把接过科里娜递给老板的支票。

“现在你可以走了。”

科里娜站在原地一动不动。她还想喝杯咖啡呢！这人怎么那么粗鲁？

“快滚吧！”诺尔吼道。

科里娜看着伊凡，指望他能说些什么，可他脸上连个尴尬的微笑都没有。她转身回到窗边，珀莱塔已经离开了。

“我会跟您儿子直接联系，跟他说说医生的事。或许他有时间陪他母亲。”

科里娜咬着牙，简直气疯了。

“好呀，我们走着瞧！珀莱塔！珀莱塔！”她朝楼梯的方向大喊，“珀莱塔！我要走了！”

“她上楼休息了。”朱丽叶特说道。

科里娜喘了口气，拎起手提包，昂着头离开了。

天哪！这是多差劲的旅店啊！幸好这边的费用不算高！他们还能放弃老太太不成！

三十

伊凡耐心地坐在破雷诺车的方向盘后。在等待珀莱塔的过程中，这辆车时不时发出爆裂之声。今天他特意穿了西装外套，如果事情进展不顺利，至少他表现得够得体。

他按了下喇叭，头伸向车窗外：“珀莱塔太太，您下来吗？”

“够了，伊凡！”珀莱塔从窗口探出头来，“跟医生预约的时间还有一个小时！而且，你也知道医生都会迟到吧？难道要我在你的破车里坐到腰病复发吗？”

伊凡又按了按喇叭。

珀莱塔太太总算下楼了，怀里抱着包，几缕发丝散落在脸上。她最讨厌别人催她。

“走了！出发！”

雷诺车向前行驶，发出哧咔的响声。珀莱塔紧紧抓住头上的车把手，生怕这辆老爷车在散架前会把自己甩出去。伊凡拧开老式收音机旋钮时，她也根本没法放松下来，因为在保罗的车上，这些都进化为按键了。

吉尔伯特·贝高正在收音机里低声浅唱：

♪

大雨降临的那天

你和我

将会成为一对新人

成为天下最幸福的人*

珀莱塔转过头看向窗外，沿途的树木花草一闪而过。油菜花田反射着清晨惨白的阳光，乡间的小道都荒废了。不知何故，灼热的沥青路让她想起丈夫葬礼的那天。那也是个夏天。她跟着灵柩车向墓地走去，亲友都来哀悼，声音充满悲伤。隐藏在黑纱后的她，却想用尽全力呼喊"自由"。跟他一起十五年，那十五年实在太久了！儿时是父亲，然后是丈夫，她受了太久的压迫。这两个男人半斤八两，时刻提醒着她，他们对她的付出多么可怜，他们对于好妻子的定义有多么混蛋。

有天晚上她对他说："路易，我怀孕了。"她下定决心要过自己想要的生活，"但孩子不是你的。"

他甚至没放下报纸，也没有抬头。一阵沉默后，他说道："你以为他想要你吗？"她一下子没能理解他口中的"他"是指孩子还是孩子的父亲。她端上晚餐的烤肉，路易安静地吃了晚

* 法国歌手吉尔伯特·贝高（Gilbert Bécaud）1957年的歌曲《大雨降临的那天》。

饭，擦了嘴，喝了酒，上楼睡觉前还亲吻了她的额头。

就是这个吻，带有父权，充满自私、优越感和胜利感的吻。十五年后，她在浴缸中发现死去的他时，脑海里浮现的唯一画面就是这个吻。丈夫的离世赋予了她第二次生命。

歌曲快结尾时，发出难听的叮咚声，预告着一首新歌即将到来。刚听到前奏，伊凡就兴奋起来，他把大手伸向收音机，调高了音量。

“伊凡！”珀莱塔粗暴地指责，她只想享受片刻的宁静。

她把包扔在地下，双手捂住耳朵。

“来吧！您不知道这首歌吗？”

第一句歌词刚出来，伊凡就跟着唱起来。

♪

当我们周日在百老汇跳爪哇舞

就像在默东城摇摆

我们尽情投入

不需要波若莱

因为我们有波本

这或许不是最正宗的舞步

这是百老汇的爪哇舞*

* 法国歌手米歇尔·萨尔杜（Michel Sardou）1977年的歌曲《百老汇的爪哇舞》。

“……没错，但这正是让她着迷的……”

伊凡在珀莱塔面前边唱边打响指。珀莱塔狠狠白了他一眼。

“这或许不是最正宗的百老汇爪哇舞……但这正是让她着迷的！”

伊凡的好心情具有传染性。珀莱塔终于露出笑颜，随着音乐的节奏摇头晃脑。伊凡笑了起来，把自己的腿当成了架子鼓。

“这或许不是最正宗的百老汇姑娘……”

看着他扭动身体的样子，珀莱塔忍不住笑起来。圆滚滚的肚子被卡在汽车的方向盘后面。虽然唱走音了，但他唱得很投入。

“来吧，珀莱塔太太，该您唱了！”

“这或许不是最正宗的……”珀莱塔用老年人特有的柔和嗓音唱道。

“大声点！”

“伊凡，你够了！”

“没错，但这正是让她着迷的！！！”

伊凡举起双手假装在吹萨克斯风。珀莱塔赶紧抓住突然偏航的方向盘。

“伊凡！”

这首歌让珀莱塔想起乔治的爱情故事，这个可怜的男人，她暗自思忖。

昨晚，她重读了其中一封信，基本可以得出结论，这些信从没被回复过，有两种可能：一、这些信根本没寄到纽约；二、这些信被不该收到的人收到了。在这些信中，乔治经常提到一个男人，似乎是葛洛丽亚的舞伴。这个男人牢牢控制着葛洛丽亚。是不是他棒打鸳鸯，拆散了伟大的葛洛丽亚和乔治这个法国小伙呢？

珀莱塔本来很讨厌幽怨的爱情故事，但必须承认这段通信让她着迷。这些信是一个年轻人在好几个月的时间里，每天等待一个回应，最终什么也没得到的状态下写的。无论如何，至少珀莱塔这样认为。其中有一封让她特别感动。

1953年7月4日，勒阿弗尔

葛洛丽亚：

我希望有足够的勇气告诉你，这些是我留给你的最后话语。然而我太了解自己，我知道只要活着，就会继续爱你，直到生命的最后一刻。我昨天在码头等了你一整天，看着乘客一个个下船，希望最后能看到你的脸。你会穿哪条裙子？一定是那条黄色的花边裙。每次看到你穿，我都会想到向日葵。

巨轮入港前拉响了汽笛。这个乘风破浪的庞然大物让我妒忌，因为直到几分钟前，它还独自占有着你。好不容易船靠岸了，金属栈桥上开始下客，我仔细观察着每顶帽子、每件服饰、每个笑容。我的目光盯着每张闪光的脸，在没找到你之前，我总害怕把你弄丢了。

一等舱的乘客很快就走完了，没有你的踪影。我心跳得飞快。别问我现在是几点，早餐吃了什么，或者味道是不是让我恶心。我唯一知道的是我的心跳得飞快，胸口隐隐作痛。

我等着二等舱的乘客下船。或许因为你太善良，和其中某位乘客换了船票呢？可当水手卸下行李时，一种不祥的预感向我袭来。我给了一个水手二十法郎，让他带我上船。我找遍每个船舱、每条过道、每块甲板、每个角落，你根本没有上船，对不对？我给所有人看了我随身携带的照片——你的照片，可没人记得见过你。夜幕降临了，有个水手向我走来，对我说："女人啊！"然后留我孤零零地站在码头。

此刻已接近午夜，我待在特意为我们重逢而订的房间里。香槟已经不冰了，特意为我们铺的床看起来很刺眼。

女人啊，不是吗？

葛洛丽亚，今夜我很愤怒。令人痛苦的愤怒，像螺丝刀一样拧进我的耳朵，剖开我的心脏。

为什么？

为什么你没登上这该死的船？

我们共同度过那么多时光，许下那么多诺言，共筑了那么美的梦。一切都为你准备好了！我有足够的钱和无尽的爱。我在香榭丽舍大道上有套大公寓，白天你可以尽情练舞，晚上我们可以去最好的餐厅吃饭。

你，我，还有巴黎。

今夜，忧伤将我吞没。在愤怒之后，是无尽的悲伤。给我写信，葛洛丽亚，回答我。至于我，已不知还能对你说些什么。

热情的歌声将珀莱塔从深思中唤醒。伊凡大力地打开车窗，野花和植物的香气被微风带了进来。

“哦！听听这个！”伊凡兴奋地喊道。

伊凡将收音机音量开到最大，把珀莱塔吓了一大跳。

♪

瞧呀

新的一天开启了

在一片柔情中

在这座城市里……*

伊凡声嘶力竭地唱了起来：“不需要任何东西，只想要你，从来不曾如此迫切……”

珀莱塔突然来了兴致，回敬道：“不需要任何东西，我只想要你，就像红色迷恋秋天……”

珀莱塔和伊凡朝同一个方向摇摆着头。坏消息见鬼去吧！老

* 法国乐队皮特和丝隆（Peter & Sloane）1984 年的歌曲《不需要任何东西，只想要你》。

太太和胡子巨人像在参加小镇狂欢节一样，伸手，垂手，快乐地舞动着，简单快乐得毫无顾忌。他们在破车里大笑，每次副歌响起都笑得更大声：“不需要任何东西，我只想要你，只想要你！！！”

珀莱塔脸朝着窗外，用尽力气地唱着歌。伊凡则拍打着双腿，大声笑着。

突然，有个警察示意他们靠边停车。沉浸在音乐中的伊凡根本没注意到，也没听到警笛在不远处响了好久。

♪

我喜欢你亲吻我

你亲吻我时

我感觉好极了

“我们彼此相爱……”

“不需要任何东西，只想要你，从来不曾如此迫切……”

伊凡和珀莱塔几乎笑出了眼泪，没法继续唱了。他们的脸因为激烈的笑而疼痛。

警察的车最终逼停了他们。对着这个充满热情的老太太和旁边同样热情似火的巨人司机，这两个穿着制服的警察忍不住笑了起来。这对“临时情侣”继续着滑稽的打拍手势，完全无视窗外的警察，失控地大笑。

“请把驾照拿出来，先生……”

伊凡被车窗外贴着的脸吓了一大跳，惊恐万分地把手放在胸口。可把他吓坏了！因为没系安全带，他被逮住了，眼里还流转着泪水，音量拧到了最大。他赶忙把驾照给警察，低下头像个做错事的孩子。珀莱塔把音量调小，忍住了大笑，朝驾驶座的车窗靠过去。

“请原谅，警察先生，是我的错。我实在太喜欢这首歌了……”

她紧闭嘴唇，用超人般的毅力忍住了一触即发的笑声。警察核对了驾照，确认人证无误，朝车里看了一眼。珀莱塔趁机朝他们投去无比温柔的微笑，让警察无可奈何起来。

“算了，这次就放过你们……下次别让我逮到……”

再次出发时，伊凡安静了下来，他系上安全带，关掉了收音机。珀莱塔却像个小姑娘一样笑了起来。

十分钟后，伊凡恢复镇定，把车停在诊所门口。

“我们到了，珀莱塔太太。”

老太太没有回答。伊凡松开安全带，熄了火，看了一眼邻座。珀莱塔穿着蕾丝领的衣服，笔直地坐着，一动不动。

“时间刚好。要我陪您进去吗？如果不需要，我就在这里等着。瞧！我连报纸都带来了……”

珀莱塔打断了他：“有什么意义，伊凡，有什么意义？你知道的，到了我这个年纪，不可能会有好消息。两个月，运气好的话三个月！但我从没遇到过这种好运气。妈妈告诉我‘运气是一种自我防御’。也就是随口一说，于我而言，如何‘防御’倒是了解够多了！我敢打包票，我连圣诞节都挨不过。来吧，伊凡，就当是为我好。别让我去看那些过期杂志了，也别让我去沉闷的候诊室，更别让我去经历那些无尽的等待；还有那些‘这边走’‘请坐’之类的客套话；那些诊疗方案、X光和悔恨的表情，那些不祥的预测、医嘱和假装宣告‘最好情况’的坏结果，以及那些没有任何作用的治疗细节、沉默、令人窒息的诊疗室和提问。不，伊凡，请让我有尊严地度过人生的最后阶段。一如我这一生，始终活在当下。没什么比‘把握现在’更糟的建议了。把握现在，把握现在……谁能告诉我该怎么把握？没了，谢谢，下一个！我充实地过完了这一生，宁可选择听您歇斯底里地唱歌。老天知道您唱歌有多难听！”

伊凡安静地注视着她，不知道该说些什么。但他顺从地发动汽车，快速调转车头。

“谢谢你，伊凡。除了不会做好吃的薯条之外，你还算是个好人。”

老旧的破车沿乡间小道慢慢前行。法国梧桐向他们打着招呼，似乎也惊讶于他们那么快就回程了。伊凡视而不见，于他而言，这些树不是让人愉快的东西。其中一棵刚栽下不久，就导致他弟弟撞破头，失去生命。他放下遮阳板，挡住刺痛眼球的日光。

车里的沉默让他难受，于是他又拧开了收音机。有个邻村嘉年华的广告吸引了他，让他轻松了些。这些充满激情的声音、有关促销的活泼口气，还有轻松的小玩笑带走了阴霾的思绪。

刺耳的叮咚声宣告了广告的结束，钢琴奏出三个伤感的音符，回荡在车里。雷欧·费亥低沉的嗓音，伴随颓废的琴声，冲击着两人僵硬的身体。

♪

随着时间

一切都会逝去……*

歌手用歌声轻轻吐出生活的荒谬。刚从痛苦的悲伤中勉强打起精神的伊凡，被收音机里夹杂着噪音的忧郁声线彻底吞没了。

♪

周六夜晚

当柔情不再

你孤独一人……

伊凡哽咽着，把手伸向收音机的旋钮。鸟儿在天空鸣叫，这

* 法国歌手雷欧·费亥（Léo Ferré）1970 年的歌曲《随着时间》。

叫声对于车里的两位来说刺耳又唐突。珀莱塔把手搭在伊凡的手臂上。他望着珀莱塔带着悲伤的微笑，她看起来渺小而脆弱。她转过头，眼里闪着泪光。伊凡重新把手放在方向盘上。伴随温柔而忧愁的钢琴，雷欧·费亥继续着他的歌曲。

♪

随着时间

一切都会逝去

我们不再充满热情

也不再记得那个声音……

伊凡和珀莱塔若无其事地回到旅店。

老太太坐在老位子上大喊，让人给她拿菜单。朱丽叶特拖着沉重的步伐，对她露出灿烂的笑。夜幕降临，珀莱塔默默回房了。今晚她没有参加“妙探寻凶”游戏。这个游戏包含太多偶然性，而她的生活已没有偶然了。

三十一

朱丽叶特从画着问号的盒子里取出了三张牌。

她洗好牌，发给住客们。伊凡空洞地注视着游戏盘，眉头紧锁。诺尔很想知道他在想什么。

“您要什么颜色？”伊贝利特问道，他负责计分。

“我给你们推荐另一个游戏。”伊凡说道。

住户们面面相觑。

他站起身，从吧台后拿出纸和笔，快步走了回来。他在纸上飞快地写了些什么，然后把纸撕成大小一致的长方形，再折起来。马瑟琳娜扭着头越过伊凡的肩膀，想看看他写了什么，却是徒劳。伊凡是个左撇子，字迹比医生还潦草。

过了一会儿，他打破了沉寂，向伊贝利特借用了帽子，把纸团放进帽子里。

好奇的雷昂趁机跳上桌子，马瑟琳娜匆忙把它赶走：“喂！它又要搞得到处是猫毛了！走开，长毛脏猫！”似乎是为了表现自己行为的合理性，她还很合时宜地打了个喷嚏。

“很好！”伊凡双手撑着桌子，观察着他们，确保每个人都在认真听他讲话。

“好了！快说吧，老先生！你打算留我们在这里过夜吗？”马瑟琳娜不耐烦地说道。

诺尔狠狠白了她一眼，伊凡装作没听见。

“这游戏叫‘好意游戏’。”

乔治点点头，马瑟琳娜完全没听懂。

“我跟你们解释一下。在伊贝利特的帽子里有几个小纸团，每个人随机抽一个。你们可以打开来看里面的名字，但不能告诉任何人。纸团上的名字就是接下去几周你要保护的对象。”

“保护对象？这是什么意思？”朱丽叶特摸着肚子，问道。

“意思是，你需要悄悄做些事情让这个人高兴，你们自己思考怎么做。”

伊贝利特惊讶地睁大眼睛望着他。

“好了，我给你们举个例子，”伊凡继续说道，“假设我抽到雷昂的名字。只是假设，因为雷昂不参加游戏。我就要想出能让雷昂开心的办法，比如早上给它准备一碗热牛奶，或者……”

“给它留着红酒的木塞！”伊贝利特兴奋地叫道，他已经明白游戏规则。雷昂最喜欢玩红酒瓶塞了。

“从某种程度上来讲，没错！”

“这个游戏从哪里来的？”诺尔问道。

“这个嘛，在美国很流行的。是……是某个人发明的……

他发明这游戏是想……是想测试个人的善行对国家幸福度的影响……”伊凡信口胡诌道。

“您听说过这个游戏吗，乔治先生？”朱丽叶特好奇地问。

乔治摇了摇头。

“反正，这游戏的宗旨就是激发一系列善举：赠人玫瑰，手有余香，给别人一个微笑会让生活更美好，诸如此类。”

“那如何知道自己赢了没呢？”伊贝利特问道。

伊凡也不知道如何回答。

“很简单，看看到最后谁最快乐，他的保护者就赢了。”着急回去睡觉的诺尔信口说道，“来吧，快点抽名字吧。”

伊凡庄重地摇动帽子底部的纸团，将帽子递到诺尔面前。接着是乔治去抽，他默默祈祷千万不要抽中马瑟琳娜，马瑟琳娜最近有些过分，每天缠着他去跑步，甚至一直追问他早上去哪里。

“诺尔，你先打开纸团吧。”

住客们一个个地打开纸团，嘴角都带着微笑，神秘地彼此对视。乔治放松下来。朱丽叶特打了个哈欠，现在一过九点半，她就困得睁不开眼睛，诺尔满目柔光地望着她。

“我们去睡觉吧？”诺尔提议道。

沉浸在思绪中的住客们默默同意了，心里都想着该做些什么才能让保护对象感到幸福。大家拉开椅子准备起身，诺尔端着装点心的空碟和空杯走进厨房。她能轻松辨认伊凡的字迹，也熟悉他写字的风格，因此很惊讶他设计的这个游戏。因为每张纸片上写的都是同一个名字。诺尔寻思，如果大家都对珀莱塔特别关照，又能说明什么呢?

突然，旅店大门被推开。一个男人的身影出现在幽暗的屋里，伊凡浑身战栗。男人站在门口，乌黑的眼睛盯着伊凡，嘴角露出邪恶的微笑，他下巴向前，快速朝伊凡点点头。这动作中更多的是挑衅，而非客气。

他在吧台前坐下，穿着和上次一样的破皮夹克，点了支雪茄，深深吸了一口，再慢慢吐出来。他指着还放在桌上的"妙探寻凶"游戏，问道："谁赢了？"

"你们可以走了。"伊凡对停下脚步的住客们说道。

乔治拉着朱丽叶特和伊贝利特跟他一起上楼。

马瑟琳娜迟疑了一会儿，她把东西收好，拿起外套。但她对这个男人很好奇，目光紧紧盯着他，对老板说道："晚安，伊凡先生。"

躲在厨房的诺尔，紧张到无法呼吸。这声音听起来很熟悉，不但提醒着她过往的痛苦，也摧毁了她的现在。她皱紧了眉头。

"你走吧。"伊凡机械地说道。

"我就是打听一下你们的消息。大厨还好吗？"

"别来招惹我！我已经把你想要的东西给你了！"

躲在楼梯转角的马瑟琳娜清楚地听到了每一句话。她努力记住男人的体貌特征。万一有什么不好的事发生，可以将这些信息告诉警察，帮助还原疑犯的样子。

“我当然知道，伊凡先生。但日子难过啊，我可不能跟你们比，是不是？有人很惦记诺尔……”

诺尔背靠厨房的门，浑身颤抖。男人还没来得及把话说完，伊凡就对着他的鼻梁来了一拳，骨头断裂的声音响彻整个屋子。诺尔吓得拿手捂住了嘴。

男人站起来，用衣袖擦了擦鼻子。血一直流到了下巴。他如动物般冷酷的眼里露出极其残暴的信号。他盯着伊凡，朝他点点头，然后一下掀翻了保罗一小时前放在吧台上的整筐番茄。番茄掉落，发出沉闷的巨响。地上形成一片红色的海洋。

过了几分钟，旅店的大门咔嚓关上。这里重新恢复平静。伊凡站在原地一动不动。厨房里，诺尔的脸上有泪水滑落。

三十二

伊贝利特把不对称的两边袜子拉到膝盖上。他兴奋地拿着一大包点心，放在珀莱塔座位上的早餐碗旁边，虽然她还没下来。

马瑟琳娜穿着黄色的日式睡袍，从楼上下来。

“哎呀！羊角面包！是给我的吗，伊贝利特？”

年轻的伊贝利特笑着朝空中举起双手。他假装拿着闪电泡芙，放到嘴边咬了一口。马瑟琳娜白了他一眼，坐在自己的座位上。

过了一会儿，珀莱塔脸色阴沉地下楼了，衬衫扣子整整齐齐地扣到脖子下方，她身上带有铃兰的清香。

乔治一如往常，穿戴得优雅整齐，跟在她身后。他愉快地朝大家打招呼：“早上好，早上好！”然后拿起报纸。

“睡得好吗？”马瑟琳娜嘴里塞满食物，问乔治。

珀莱塔把倒好热水的杯子捧在手里，出神地望着窗外，似乎在看干草垛和远处的教堂。

“你买的羊角面包太好吃了，伊贝利特！”乔治说道，“我再吃一个，可以吗？”

伊贝利特同意了，咧嘴笑起来。

马瑟琳娜用勺子搅拌着碗里的麦片，又咬了一大口果酱面包，珀莱塔向她投去鄙夷的神色。

“对了，你们觉得那个人是谁？”马瑟琳娜嘲弄地问道。

乔治满脸困惑地望着她。

“昨晚的访客，他是谁？”

“不知道……”一向不爱多管闲事的乔治喃喃说道。

“你们在说什么？”朱丽叶特走了过来，眼睛亮亮的，“噢！巧克力面包！我饿死了！”

“在说昨晚抽雪茄的男人！其实，这很明显吧？”马瑟琳娜胸有成竹地说。

朱丽叶特和乔治不解地望向她。马瑟琳娜把碗郑重地放在桌上，几滴早餐麦片落在餐布上。

“哎！伊凡先生有麻烦了！而且是诺尔导致的！”

他们转头望向厨房。按理说，大厨应该在厨房准备午餐了。

“厨房里根本没人！”马瑟琳娜说道，“你们看！我说有问题吧！”

她用桌布抹了几下指尖沾上的牛奶，伸进嘴里舔了舔，继续胡说八道：“你们绝对猜不到后来发生了什么！”

朱丽叶特和乔治好奇地等她把话说完，珀莱塔却假装没有听见。

“伊凡先生……哎呀！早呀，伊凡先生！睡得好吗？”

这时，老板出现在楼梯上，带着很深的黑眼圈，胡子都没刮，像是病了。

“诺尔还没下楼吗？”他诧异地问道。

他们一起摇了摇头。

伊凡心事重重地坐在椅子上，失魂落魄地盯着果酱罐。

“您还好吗？”马瑟琳娜打探道。她迫切地想要显摆自己看到的事，也很想质问老板到底发生了什么。

伊凡却一言不发地站起身，走到吧台后，为自己倒了杯酒，一饮而尽，接着又倒了一杯。住户们担忧地面面相觑，马瑟琳娜却幸灾乐祸，这一切都让她兴奋极了。

雷昂叫了一声，扒着老板的腿。伊凡温柔地抱起它，带它一起去花园。

门一关上，马瑟琳娜便迫不及待地说道：“这里一定有隐情，我跟你们保证！”

早餐一早就吃完了，马瑟琳娜仍喋喋不休地八卦着伊凡和诺尔的各种蛛丝马迹。珀莱塔受够了她的自言自语，站起来狠狠拍了下桌子：“够了！闭嘴吧！”

马瑟琳娜吓坏了，赶紧将目光投向其他人寻求帮助。乔治埋头看起了报纸，完全没理她。

朱丽叶特站起身，拿着碗走向厨房。她回到餐厅后，闪着明亮的眼睛问道："你们想不想去海边待一天？"

伊贝利特兴奋地拍起手。马瑟琳娜也非常赞同，这的确可以让大家换个心情，看看这里的气氛！她不满地望向正在叠餐巾的珀莱塔："我们去诺曼底怎么样？如果现在去坐火车，还可以在那边吃个午餐！"

"没错！去卡布尔！这种天气，可以晒着太阳吃午餐！"乔治也应和道，"真是个好主意！"他站起身，向窗外挥了挥餐巾。

"伊凡先生！"他冲着几米开外的花园里正在锄草的老板喊道，"我们今天去海边！快来，去换个心情！"

在半边面瘫的胡子下，老板正喃喃地抱怨着什么。

珀莱塔一言不发地回到房间。她很抑郁，完全没心情去海边。她讨厌沙子，也讨厌与沙子有关的所有活动。他们自己去度假就够了。她只希望没人想起她，尤其不想见到伊凡眼泪汪汪的双眼，他从早到晚都在默默关注她。难道伊凡以为她看不到从四面八方投射过来的怜悯眼神吗？其他人也满脸堆笑，太让人难过了！伊凡一定没有保守秘密！她非常生气。今天早上还有人在她的五斗橱上放了束花。她赶紧把花扔了，因为这些花仿佛让她看到了自己墓碑前的小花——在教堂里为亡灵献上的花！难道想用花香遮盖她身上散发的死亡气息吗？她几乎能听到他们在背后的议论。他们一定眼含热泪，神情哀伤，想着应该如何帮助这个可怜的老太太，想着最后还是很喜欢这个老太太吧？她气得咬紧牙关，这一切都让她恶心！昨天早上，她还被窗前麻雀的叫声吵醒了，靠近一看，才发现窗台上有个小鸟窝，不知道是伊凡还是那个弱智的伊贝利特做的。他们大概认为没什么比被长毛小鸟的叫声吵醒更浪漫的事了。还有马瑟琳娜织的毛衣，诺尔特意为她准备的点心，以及朱丽叶特总跟她说的鼓励！她不知该如何表达才能让他们别来招惹她！让我在有限的日子里体面地活着吧！我不要这些让人恼火而疲惫的关注！别再给我投来充满怜悯的目光，这些让人窒息又破坏心情的目光！假装我已不在，你们会习惯的！要明白，给我最好的礼物就是忽视。是的，忽视我，假装我还活得好好的，把你们的坏情绪、悲观和不耐烦都留给我！继续做你们自己！

但是，她很了解未来会发生的事。哪怕她丝毫没表现出衰弱，他们依然会替她决定什么是最适合她的，假装明白她需要什么，满足她隐藏最深的需求。这也是为什么她想逃到法国南部去，在那里可以逃离菲利普惊恐的目光，逃离科里娜貌合神离的关怀，逃离限时探望和那些让她肝肠寸断的悲伤眼神。所以，她把毕生积蓄花在了上迦山养老院。在那里，她不需要忍受令人作呕的怜悯。他们的宣传册上写着“保护隐私，不过分干涉生活”。可这最后的梦想似乎要破灭了。其实，她只想在生命的最后得到最舒适的陪伴：自己的陪伴！

正在这时，有人敲了敲房门，打断了思绪。她听出是乔治的声音。

“珀莱塔，你在里面吗？”

她假装没听见，扭头望向窗外。窗台边，有只小麻雀观察着她。她的情绪突然失控，抓起靠垫就向麻雀扔去。小鸟也吓得逃走了。

“珀莱塔，我知道你在里面。发生什么事了？快开门！”

她没有说话，只听见有人背靠着门坐下去的声音。乔治还真会给自己找乐子。

“珀莱塔，假如你不介意，我愿意和你这么待着。你可能不知道，我很想了解你对下次赛马的看法……”乔治自言自语起来，说到赌马，他就特别唠叨，跟珀莱塔的前夫一样。珀莱塔最烦男人这样。

他偶尔会停下来，自问自答某个问题，再继续喋喋不休地说下去。老太太仰天长叹了一口气。她想到乔治年轻时对美国爱人的那份狂热。在他绅士的外表下，脾气却比驴还倔。

“我知道你很犹豫，珀莱塔。我去把马瑟琳娜找来吧，她一定很愿意表达自己的看法。”

乔治抬起头，发现珀莱塔戴着帽子，突然出现在门口。她一言不发地把他拉起来，走下楼去。其他住客都整装待发了。很明显，她不可能得到平静。

走到楼梯口，珀莱塔突然说道：“除了海鸥的叫声，我什么都不想听到。说好了！”乔治笑了，很高兴自己总算赢了一回，他很久没体会过赢的感觉了。

过了一会儿，所有人都拿着帽子，在餐厅集中。马瑟琳娜从厨房走出来，包里装满了零食。

“大家都准备好了吗？”

伊凡看了一眼时间。诺尔怎么睡到现在还没醒？

“我上楼去找诺尔。”他说道。

马瑟琳娜叹了口气，要赶不上火车了！如果只能在海边待一个小时，那根本没必要去！

伊凡喘着粗气爬上两层楼，他一般不会爬那么高。

他敲了敲诺尔的房门，还默默想着该换走廊的灯泡了。

“诺尔？”

房间内没有声音。

“诺尔？”他提高了嗓门，把耳朵贴在门上，然后推门进去。房里昏暗，床铺很整齐，彩色的靠垫放在扶手椅上，羊毛毯点缀着屋子里冰冷的色调，增添了一丝温暖的气息。房间很整洁，伊凡一点也不意外。让他意外的是放在五斗橱的一张字条。他立刻了然是大厨的字迹。

伊凡：

对不起，我离开了你们，但这是唯一的解决办法。我需要些时间，但会回来的。

很抱歉把你搅到这件事里，希望你能原谅我。

我不在的这段时间，请好好照顾伊贝利特。

诺尔

三十三

火车到达卡布尔站。

旅途中，伊凡一直在为诺尔的离去而自责。这意味着什么？她是为了自保而逃离了吗？她深夜走，能去哪里呢？是坐飞机离开的吗？他意识到没去看看她的衣橱里剩下些什么。她会回来吗？应该去找她吗？要报警吗？

胃抽紧了，他拒绝了马瑟琳娜递过来的花生。

“或许她趁周末回去看家人了？”跟老板一样忧心忡忡的朱丽叶特安慰道。

但大家心知肚明，诺尔的失踪跟昨晚的不速之客一定有关联。他是个危险人物吗？

“快来，我们过马路！”

不到二十分钟，小团队就来到海边。一群群孩子和情侣在海滩上享受夏日最后的阳光。伊贝利特闭上眼睛，感受空气中咸咸的味道，他脱掉袜子，奔向沙滩，还从包里拿出一只彩色的风筝。乔治把裤腿卷到脚踝，帮他一起放风筝。

伊凡倚着栏杆，在远处抽着烟斗看他们。

“照顾好伊贝利特。”诺尔这么写的。

这条信息让他很困惑。伊贝利特在诺尔失踪后丝毫不担忧，天真无邪的笑容依然挂在脸上。诺尔是担心他对伊贝利特太严厉吗？他对伊贝利特向来特别温柔，也觉得他的举止很可爱，很喜欢他纯真的目光。昨天，伊贝利特还在花园的菜地里搞了场鼻涕虫赛跑，想让它们远离老板的菜地。伊凡当时就笑了。这些小生物可没给伊贝利特丝毫喘息的机会，他的努力没有任何成效。他不忍心伤害这些小生命，但仍试图让鼻涕虫远离那些卷心菜。

伊凡的目光在沙滩上来回寻找。稍远一些，伊贝利特听着乔治的建议，像孩子般捏着风筝线，小心地放着线筒。伊凡的目光又转向珀莱塔，她一动不动地坐在沙滩上，凝视着远方。

伊凡跟老太太最近相处得不太好。她几乎不说话，吃得比以前更少，经常一个人关在房里。这种态度是从什么时候开始的？是从看医生那次之后，还是她儿媳来过以后？

他叹了口气。换作是他，会如何面对人生最后的时光呢？谈起这个话题珀莱塔就情绪激动、歇斯底里，所以他知道诊断结果一定是坏消息。医生也说情况紧急，坚持帮她会诊。上次没去成，诊所老打电话来，说要跟珀莱塔谈话，她却一直避而不见。

昨天，又有电话打来找老太太。伊凡厌烦了让他倍感罪恶的护士，准备立即挂断电话，但这次听筒那头传来欢快的声音："我找梅西耶太太。她是通过这个电话号码联系我们的，自那以后我们再也没联系上她。您对她是否想继续租住艾莉姿公寓知情吗？"

伊凡愣了好几分钟还没明白过来，她在说什么公寓？

年轻姑娘解释道，珀莱塔太太在法国南部的高级老年公寓预租了间套房，他们一直等着她的租金。这类精致的场所总是竭尽所能避免给人"养老院"的感觉。小姑娘还提到了星级厨师、中央治疗室和私人高尔夫球场。只有这些罢了！

原来那里才是珀莱塔打算度过余生的地方，用最奢侈的方式度过有限的时光。避开所有人的目光，避开她爱的人痛苦的情绪。然而，儿媳却把她送到了乡下的旅店，让她与自制薯条和公共泳池为伴。尽管这里的风景还不错，但那边才是绝对的五星级水平……

他脑海里闪过一个念头。没有诺尔在身边分享想法，伊凡特别难过。他很想把这段时间压在胸口的负担跟她分享，想念在星空下聊天的时光。还有谁会来帮他打理菜地呢？伊凡突然惊醒过来——那谁来打理厨房呢？他之前居然没想到这一点！他得自己掌勺了，把整个餐厅的服务交给朱丽叶特。这个可怜的姑娘，现在真不是好时机！他相信诺尔做决定的时候也想到了这些问题。她做决定时一定很艰难。

在海滩另一边，乔治也沉浸在思绪里。伊贝利特的风筝翱翔在天空，在小伙子欢笑的脸上留下一片阴影。乔治凝视着平静的海。星星点点的水洼点缀着沙滩。他想起童年的时光，跪在沙滩上找小螃蟹。珀莱塔在他前面，一个人站在海里，海浪一次次打湿她的双脚。

她有段日子不去赌马了，赌客越来越少。没有她在身边，乔治不敢下大赌注，常胜将军似乎丧失了好运。到底发生了什么事？当然，他们也赌输过几次，但总体来说，还是运作得非常成功，关键是他们在一起的时光很快乐。尽管珀莱塔并不笑，但他知道，她很享受这段时光。虽然不知道原因，但她最近一定出了什么问题。珀莱塔对他避而不见，几乎不跟他交流。是他的某些行为冒犯她了吗？一想到这个可能，他就觉得恐惧。

朱丽叶特和马瑟琳娜过来找他，打断了他的思绪。准妈妈的头发迎风飞扬，浑身散发着温柔的光。

“你还好吗，乔治先生？”

“非常好，你呢？”

“马瑟琳娜跟我说，她想尝试一种新运动。”

朱丽叶特暗自发笑，她很喜欢去逗老先生。乔治表面上绝不会露出丝毫不耐烦，游泳课、跑步课，还要他做什么呢？难道还要教帆板吗？

“为什么不试试健美操呢？”马瑟琳娜提议道，“还没试过健美操呢！既能运动，又充满活力！我们可以利用餐厅的角落，把桌子推开，简直就是一间舞蹈室，四面都是镜子！”

乔治吓得直哆嗦，可千万不能试健美操！但是……为什么他没早点想到这个主意呢？他脑海里突然浮现一个念头，嘴角露出邪邪的笑。就这么定了！他跟她们约定几天后开课，因为要提前做准备。

伊贝利特的风筝落在沙滩上。风变小了，小团队在海滩散步。伊凡和珀莱塔坐在海边的一条长凳上，安静地等着他们。朱丽叶特和马瑟琳娜拿着拔丝炸糕，在一幢彩色木屋前示意他们过去。伊贝利特欢快地跑过去，把点心拿到自己手里。马瑟琳娜嘴上沾满糖粒，慷慨地跟乔治分享西班牙拔丝炸糕。他们在火车上没来得及吃甜品，可是团队里有个孕妇，可不能饿着她！

大家面向大海坐成一排，大快朵颐起来。吃了几口甜品，伊凡似乎忘记了烦恼。他知道拔丝炸糕很油，但忍不住又吃了一个，只为证明自己的判断是对的。伊贝利特舔着手指，马瑟琳娜建议他蘸点榛子酱再舔。朱丽叶特也说点心不错，或许该在菜单上加上这道甜品。一想到诺尔看到这个营养菜单会露出的表情，他们就笑作一团。自制薯条配西班牙炸糕，畅吃！这样一来，马瑟琳娜的体育课完全白上了。

乔治也笑了，他看了一眼珀莱塔，她几乎没碰手里的炸糕。乔治的笑容瞬间消失了，他搓搓手，擦掉糖粒，对老太太说：“我们去跑马场转一圈，如何？”

珀莱塔立刻站了起来，眼里闪过一丝不易察觉的光芒。乔治笑了。

“跑马场？”马瑟琳娜兴趣十足地凑上来。

她从包里取出一面小镜子，猜想这种场合会有很多值得认识的异性。

过了一会儿，他们就出发前往跑马场了。乔治冲在第一，他兴奋的样子让朱丽叶特都差点没认出来。

不到一小时，他们就走进了跑马场的大门。很多人都在赛马，气氛热烈极了，热情的目光紧紧锁定跑道和显示屏。大部分人都是单独来的，他们向赌神祈祷着可以赚得满盆满钵。马瑟琳娜兴奋得发抖，在嘴唇上涂了层口红，离开了大伙儿。

“我们过会儿再碰头吧？我去转一圈。”

话音未落，她就坐到一个赌马者身边去了。那个人正在两匹寄予厚望的纯种马之间做比较。

“天气真好，是不是？”马瑟琳娜把嘴巴噘成了一颗心形。

看到这一幕，朱丽叶特笑个不停。马瑟琳娜真不缺自信。

伊贝利特紧紧拉着朱丽叶特的衣袖，拖她去了马厮。饲养员正在给马擦身、刷牙、梳鬃毛。年轻的饲养员邀请伊贝利特一起喂其中的某匹马。伊贝利特有些害怕，拿着胡萝卜的手伸向小马的嘴，最后还是笑着把胡萝卜扔在了地上。

空气中混着干草和马粪的味道，朱丽叶特坐在倒扣的水桶上，阳光照在她背上，感觉暖暖的，让人很舒服。

我喜欢马厩的味道。

我讨厌清理马蹄上的淤泥。

但我喜欢马蹄拍打地面的声响。

必须找到作者，她私自占有这本笔记很久了，还用自己的方式在上面补充。她喜欢快速翻阅笔记，写些没头没尾的小句子。

有匹马走到她身边，深邃的大眼睛望着她。他们对视了很久，简直让人以为马儿透过长长的睫毛，向她倾诉着什么。

我喜欢风拂过马的鬃毛。

我喜欢马的臼齿咀嚼稻谷的声音。

她轻轻抚摸肚子，像在轻抚蝴蝶的翅膀，脸上浮现淡淡的微笑。她的手放在圆滚滚的肚子上，而里面的宝宝也跟她呼应似的踢了踢她的肚子。她轻声跟宝宝诉说眼前的一切，答应以后一定带他来看小马驹。宝宝不再踢她，似乎同意了她的建议。

她和宝宝一定会很快乐，不需要依靠谁。不需要父亲，不需要长辈，不需要亲属。她想到诺尔。她就这样默默离开了，没有留下只言片语。这就是生活，我们曾企图说服自己被爱包围着，但现实告诉我们每个人只能靠自己。甚至是外婆，如疼爱女儿般疼她的外婆，也没给她留下只言片语就离开了她。外婆走了，她再也找不到人来倾诉忧伤。

有只小瓢虫飞到朱丽叶特腿上，带走了她的忧郁。小瓢虫一步步爬上膝盖，停在那里，像在享受远处的风景。好多马都整装待发，准备上跑道了。

珀莱塔和乔治总算独处了。

“我们下注吗？”乔治笑着问道。

珀莱塔耸耸肩。从今早开始，她的双腿就很麻木，好像不属于自己。灰暗黏稠的感觉吞噬着她，让她无法动弹。在她的生命里，有很长时间都是这样。在每个十一月的周日，漫长而难吃的家庭聚餐让她恶心。

“你去下注吧。我什么都不懂。”她不耐烦地说道。

她希望能早点回去。袜子里进了沙，热死了，她只想一个人待在房里。

“来吧，为别人考虑一下，珀莱塔！走吧，我来教你。”

她不情愿地跟着他，主要是为了躲太阳，而不是因为兴趣。乔治在跑马场里很自在，说个没完。他带她走到赛马展示区。驯马师牵着马场的马，骑师坐在马背上。

“这是遛马场，是观察马匹和它们跑步动作的好机会。”

他瞥了一眼报纸，指着穿黄色条纹衫坐在马鞍上的矮瘦男子，说道：“他是兰吉灵。我注意他有段时间了。他是个佼佼者，这类骑手千年难遇。”

珀莱塔一句话也没听进去，这些马让她难受。人们给它们穿上奇装异服，打扮成超级英雄的样子，给它们施压。它们似乎拥有了新鲜草料和专属场地，实际是被关进了盒子。它们的余生将如何度过呢？无法快速奔跑时，会发生什么？当它们的膝盖开始老化，或者进入老年，又会怎么样呢？会为它们提供牧场，还是让它们自身自灭呢？抑或被切块挂在肉铺，任由靠着它们发了财的主人吃掉呢？

她感到头晕目眩，伸手扶住面前的栏杆。乔治投入地解释着，专注地看着眼前半圆形的赛道，完全没注意到她的不对劲。

有个穿黄马甲的人从他们身边经过，手里拿着金属桩。

“这是赛道评估员。来，我们跟他去赛道。”

他们很快来到赛道的栏杆后。穿马甲的男子做了个手势，表示赛道状况很好。乔治在纸上写了些什么。

珀莱塔望着他。在银灰色的头发下，他看起来还很年轻。眼睛清澈明亮，时刻保持灿烂的笑。珀莱塔问自己，如果在年轻的时候，遇到乔治这样的人，她的命运会如何改写？他们会相爱吗？在那个时候，他会觉得她美丽吗？她是否会像恨丈夫那般恨他呢？

乔治拿着几张纸币，递向售票窗口。

“我替你下注了，珀莱塔。‘博迪女王’是个新手，但她跑起来的样子很漂亮！这是她第一次参加比赛，跟你差不多，会给你带来好运气的！至于我，我就押辛巴达吧！”

幸运女神会眷顾他的，他坚信这一点。只要有珀莱塔在身边，他觉得自己就会所向披靡。

他们在台阶上坐下。乔治伸长脖子注视赛道，喋喋不休地说着话，跟她介绍每一匹马——它们过往的战绩和各自的优缺点。但珀莱塔根本看不清赛道和赛马，眼前全是像飞虫一样的黑点，在她眼前飞舞。

突然，钟声敲响，栅栏全部打开，马儿们冲了出来。跑道上传来马蹄奔跑的声响，像是牛羚在躲避风暴。乔治紧张得一动不动。一个穿红绸上衣的骑师跑在最前面，“博迪女王”紧跟其后，快步冲上来，后面跟着“辛巴达”。骑师们在马鞍上站起身，珀莱塔闭上双眼。马进入最后的直道，鞭子抽打着它们的臀部，珀莱塔觉得脑袋仿佛被铁丝钻孔般疼痛。她只能感觉到乔治从座位上站起来，发出窸窸窣窣的声响。“辛巴达”加速了，像被风儿推着在跑，它像闪电般跑到队伍最前方，观众席爆发出一阵欢呼声。在加速奔跑的过程中，骑士时刻控制着马的呼吸。珀莱塔觉得意识越来越模糊，“辛巴达”和“博迪女王”并驾齐驱，但珀莱塔的意识跑得更快，周围的欢呼像回声般萦绕耳畔。突然，某人发出“同时到达终点”的叫喊。珀莱塔看了乔治一眼，完全丧失了意识。

三十四

医生轻轻关上身后的门。站在走廊里的伊凡、乔治和朱丽叶特，焦虑地等待医生的诊断。

“医生，怎么样？”伊凡声音沙哑地问道。

“她的生命体征稳定了。现在的首要任务是休息，她身边需要有人一直照顾。明天我们会给她做些检查。”

乔治走上前，将帽子紧紧攥在手里。

“但是……她……她还有生命危险吗？”

“已经脱离危险了，这一点可以确认。其他的事，我暂时没法给你们更多信息，因为还没有拿到检查结果。”

有个护士来到走廊上叫一声。医生口袋里插满了钢笔，跟众人道了一声再见，迅速消失了。

伊凡跌坐在塑料椅上，下巴深深地埋进胸口。

在这灯光惨白的走廊里，乔治忧愁地皱眉，无助地在这充满消毒水的味道里寻找生命的气息。他拿起扔在桌上的宣传册，埋头读了起来。

朱丽叶特轻轻敲了敲门，按下门把手，蹑手蹑脚地走进房间。房里只有一盏小夜灯，珀莱塔躺在床上，慢慢呼吸着，瘦小的身体淹没在各种医疗器械的管线下。她的表情很安详，双手平放在粉色的床单上。

“珀莱塔太太，我是朱丽叶特。”她小声说道，“珀莱塔太太，我们都在您身边，别怕。”

她靠坐在床边，继续说道：“医生说您很快会好。回到旅店后，我们会照顾您的。您很快就能自己走路了，对不对？”

她哽咽起来，喘了口气，轻轻抚摸着老太太的手。珀莱塔看起来那么脆弱，针管插在她的前臂上，有一大块淤青。她轻抚珀莱塔柔软的银发，发现自己从没注意到老太太竟然那么瘦。然后她站起身，一言不发地离开房间。

朱丽叶特一走出来，立马伏在伊凡的肩头大哭。

“来，朱丽叶特，我们该走了……”

伊凡朝乔治点了点头，示意自己带朱丽叶特先走。乔治想再待一会儿，伊凡耸耸肩表示赞同。他们拥抱着告别了。

珀莱塔睁开双眼，花了好一会儿才搞清楚自己在哪里。

现在几点了？她最后的记忆是欢呼的人群和奔跑的马。她想起了“辛巴达”和“博迪女王”，它们同时到达终点，人群欢呼起来，接着……

她转过头，发现乔治在床边的扶手椅上睡觉。她不懂，他在这里做什么？是在为她守夜吗？

旁边的医院备餐桌上放着托盘。她觉得口渴，想伸手去拿水壶，却不小心碰翻了一罐酸奶。她的手停在了空中，乔治没有反应。她重新伸出手，悄无声息地把水壶拿到嘴边，还没来得及喝，发现乔治睁开眼睛醒了。

珀莱塔赶紧扭头靠着枕头，紧闭双眼。她非常不自在，也不好意思与乔治眼神交流，暗暗抱怨着自己和乔治。今夜，她竟然以如此可怜的形象出现在他面前：躺在床上，头发被枕头压扁了，病号服下的身体像软绵绵的豆荚，靠着注射器苟延残喘。对乔治的抱怨则是因为他缺乏人文情怀，这年头难道连有尊严地在私人空间里安静死去的权利都没有了吗？

乔治坐在扶手椅上，睡眼惺忪地观察熟睡中的珀莱塔。他已经守了她三个小时，实在困得不行了。躺在白色病床上的她显得特别好看，细软的发丝散落在枕头上。能拥有这样的独处时光，尤其在深夜，他甚至有些窃喜。但内心深处，他怕得要死，始终不敢相信。珀莱塔怎么可能生病！她那么强大！到底能得什么病呢？或许因为在跑马场情绪太激动，天气又热，所以中暑了？抑或旅途太疲劳？乔治隐约记得珀莱塔一直有眩晕症。他叹了口气，自己怎么能那么后知后觉呢？连伊凡看起来都是知情的。乔治非常自责。

他转头看着心率监控仪。仪器发出的“哔”声在他听来如诗一般，仿佛是珀莱塔向他敞开心扉，诉说衷肠。哔，哔，哔，哔……有规律的声响在房里回荡，几乎盖住点滴的声音。乔治举起一只手，最后放回膝盖上，他的手摸到裤缝上沾着的沙粒。他还是不敢。万一她醒过来怎么办？他温柔地注视着她。他试图记住老太太的每个小细节和小动作，想记住她眼睛边上的美人痣、薄薄的嘴唇、耳廓的形状，还有太阳穴附近的小疤痕——那是童年的顽皮留下的印记。他突然陷入深深的忧伤，尽管身体还硬朗，但记忆力已不可抑制地衰退了。

明天，医生会在诊断书上写什么呢？会满脸严肃地宣布最坏的结果吗？珀莱塔的生命沙漏还能给他留下几天？几个小时？命运三女神何时会剪断她的生命线呢？

他揉了揉眼睛，站起身，走到老太太床边，凑近她的额头。他的双唇紧紧贴在沧桑但柔软的皮肤上。她闻起来很香，有股橙花的香味。乔治脸一直红到耳根。

床后的心跳检测仪突然加速响了起来。

珀莱塔害怕地紧闭双眼，暗自感叹原来自己还有东西没有失去。她可以昂着头，健康地离开医院，可以轻而易举地战胜命运的考验。她没必要做个心怀恶意的老顽固，心头也可以有小鹿乱撞的感觉。

几个小时以后，夜间护士进来查房，她发现这对“小情侣”躺在一起。乔治的手搭在珀莱塔手上，花白的头发交织在一起。

三 十 五

不能活在幻想中。

这是之前珀莱塔说服朱丽叶特接受的事实。

在从诺曼底回去的路上，朱丽叶特依旧因老太太的住院而大受打击，她下定决心要把笔记本放回原地。除了寻找笔记的主人，她还有更重要的事要烦心。伊贝利特去过好几次洗衣房都没找到“安东尼”，朱丽叶特把这视为一种暗示：是时候把注意力转到其他事上了。她甚至出现不再想认识作者的念头。生活有时候就是会让人失望，对于低谷最好有所防备。于是，她把笔记放回图书馆的那排被人遗忘的书架上，就像她初次打开它时一样。或许它的主人会回来找，或许不会。这已与她无关。

至少，她假装与她无关。

几周后，她万分想念珀莱塔与诺尔，旅店的工作和越来越大的肚子都让她累垮了。于是，她选择在书本中寻求力量。冥冥之中，她又来到这排书架前面。笔记本还在那里，像是因主人出远门而被留在树旁的小动物一样，看起来孤零零的，那么瘦小而纤细，在那些大部头巨著边上显得格格不入。

朱丽叶特犹豫很久，还是冲动地拿起了笔记本。她只想告诉它不用担心，主人会回来寻它的。他或许去休假了，或许忘记把它放在哪里了，但他一定会回来的。

她翻着笔记，看着那些了然于心的句子，目光在其中一页停住了。几周前她添上去的句子边上，多了一些新的字迹。朱丽叶特揉了揉眼睛，这不可能，会不会之前漏看了？她坐在地上，背靠书架，如饥似渴地读起新发现的内容。笔迹是一样的，飘逸又潦草。仔细阅读后，朱丽叶特意识到这些新句子是与她的对话。她之前写的是：

我喜欢把脚放在沙堆里。

旁边添加的内容是：

但我讨厌袜子里混进沙粒。

在左边那页她写着：

我喜欢听到冰块掉进玻璃杯的声音。

右边一页呼应道：

但我讨厌别人咬冰块的声音。

她试着不带感情色彩地看待这件事，但是很难相信这纯属巧合。

我喜欢“有个平行世界”的概念。

但我讨厌在还没证明这点之前就死去了。

我喜欢“脚踏车”这个词。

但我讨厌“自行车”这个词。

我想要知道人从哪里来。

我想要知道人将去往哪里。

朱丽叶特激动地抬头望望四周，确保没人注意到她。走廊里一个人也没有，图书馆一片寂静。隐约听见远处的图书管理员正在把借阅记录输入电脑。

这是命中注定要让她看到的话吗？

我想要知道人将去往哪里。

她翻过一页。有张书签从笔记里掉出来，落到她的脚边。她捡起长方形的皮质书签，上面写着：

能认识你吗？

朱丽叶特的心跳不由自主地加快了。她立刻合上笔记本，再小心地把书签夹在里面，把笔记本放回原来的位置。

她有些费力地骑着车，想到诺尔不会在旅店等她，就很难过。曾经，她会把恐惧、痛苦和疑惑都告诉诺尔，把所有问题一股脑儿地“抛”在桌面的报纸上。她们一起寻找答案，寻找藏在豌豆荚里、生菜叶中和洋葱瓣里的答案。她们会把阻碍植物生长的根茎去掉，让它们得以喘息。然而在废弃的果壳下，她们会发现，朱丽叶特依然没有卸下烦恼，依然躲在那件“丑陋的华袍”之下——这件外衣让她在生活的愚弄中得以自保。

朱丽叶特每天都活在恐惧中。她习惯了蜷缩在局促的空间里呐喊，习惯了突如其来的意外和危机，习惯了带着绝望的目光看待周遭。坚强一点，她好不容易说服自己恢复冷静。其实她知道：如果珀莱塔在这里，一定会厉声指责她的拖沓。爱自己吧——珀莱塔会这样命令——就当这个世界上不会再有人来爱你，只有你能爱自己！像母亲一样照顾自己！只有学会爱自己，才能学会爱别人。试一下，会有什么损失呢？什么都不会，但也有可能失去一切！朱丽叶特会这样回答她。因为令她恐惧的正是看不清楚、不可捉摸又稍纵即逝的东西。

她把自行车靠在旅店的墙边。走进餐厅时，砂砾把脚底磨得很痛。伊凡满头大汗地站在灶前，大声告诉她今天的菜单。她赶紧用湿海绵擦掉之前小黑板上的菜名，心里悔恨着没有回复笔记上的句子。

三十六

珀莱塔睁开双眼。

这段时间以来，乔治每天早晨都在床尾等着她起床，微笑地望着她，整个人干净又清爽。她有时会故意晚些睁开眼，就是想再闻闻乔治留在房里的味道，那是古龙水混合热羊角面包的温暖香气。

“睡得好吗？”他满目柔光地问她。

“睡得像年轻人一样！”她这样回答，默默隐藏了被失眠和噩梦惊醒的夜晚。

乔治经常给她读报，细心地专挑那些老太太想要听的新闻来读。他还会跟她说说伊贝利特和雷昂最近的滑稽事，再添加一些朱丽叶特每晚给他描述的细节。现在，乔治大部分时间都在医院，只有晚上可以跟朱丽叶特交换信息。朱丽叶特告诉他旅店的事，他告诉朱丽叶特老太太的近况。朱丽叶特觉得珀莱塔一天比一天好，很快就能回旅店去了。

这对“小情侣”每天都会去医院的花园散步。秋天慢慢到来，树木换上了金黄的外衣，空气变得格外凉爽。珀莱塔与乔治手挽着手，享受这些她曾以为再也不会经历的美好时光，沉醉于有老先生陪伴的幸福之中。她有时候真想愉快地叫出声来，想紧紧拥抱大树，想歇斯底里地大声歌唱，她的信心又全部回来了。她欣赏云的形状、风拂过树叶的声音，还有在回病房的路上雨滴打落在脸上的感觉。她喜欢雨滴滑落的清凉，也喜欢看乔治打伞的笨拙样子，还有他的银发被风吹乱的样子。他们笑得那么欢乐。珀莱塔有时会把坏情绪隐藏起来，没有其他原因，只因不想让乔治失落和茫然。但这并不是件容易的事，只要他感受到她的坏情绪，那些宽慰的语言就会让生活变得阴郁。

谁说蓝色是冷色调？每当乔治睁大眼睛望向她，珀莱塔就觉得有股电流穿过全身。每当等待他的到来，倾听他的脚步声出现在走廊上，她就感觉心里像有蝴蝶在纷飞一般，她害怕自己的心脏会支持不住。这可真讽刺，她僵硬的身体正在逐渐失去行动力，毛孔却在激发出更多的快乐和活力。似乎她在人生最后的旅程中，必须忍受坏细胞的生长，但同时因乔治的出现而沉醉。此刻，珀莱塔内心正激烈地斗争着。准备毁灭一切的邪恶军队出其不意地遇到了爱情这支部队。这一切多么混乱啊！自己与乔治的每一次拥抱，跟他在一起的每一分钟都是对抗邪恶军队的弹药。

她不记得上次这么快乐是什么时候了。人生最快乐的时光竟是在医院的病床上度过的，多么戏谑！能遇到这个男人，找回年轻时的激情真好。她父亲若还在，一定坚决反对，但她最终选择捍卫自己的爱情。这段既天真又脆弱的爱情，似乎违背了主的意愿，几乎没有经验可以参考。这个月与他的交往，如海啸般吞没了她，心中是一团乱麻，她从未体会过这种炸裂的感觉。

乔治曾申请让珀莱塔临时出院，去打理头发，或者去咖啡馆喝杯茶。但这样的小假期需要在每日基础治疗的基础上附加一些诊疗，为此珀莱塔要做更多的疗养、点滴和激光，这让她异常痛苦、难以承受，这种时候她总是沉默寡言。乔治会找借口带她回旅店，或者去看场重要的赛马，偷偷在她微微泛白的额头上投下一个吻。珀莱塔不知道，往往在这之后，乔治会在她房外逗留整晚，努力抵抗睡意，利用病房的小舷窗时不时朝内张望，确保珀莱塔没事。护士也会关照乔治，让他在隔壁病房小睡一会儿，尽可能给他提供便利。

这天下午，乔治在洁白的病房里打开了收音机。珀莱塔躺在床上皱起了眉头。

“伊凡有个小惊喜给你，”乔治说道，“他为今天不能来看你而抱歉，但很惦记你。”

他边说边调收音机，终于找到了伊凡在纸上给他写好的频道，然后看了一眼手表。

“再过三分钟。”

珀莱塔叹了口气，她讨厌电台主播虚伪的大嗓门。

随着叮咚一声，乔治把音量调高。

亲爱的听众，现在是下午一点。

接下去十五分钟里的歌曲，我们将代表伊凡先生献给珀莱塔太太。

珀莱塔惊讶地侧耳聆听。

♪

瞧呀

新的一天开启了……

耳边响起熟悉的旋律，老太太发出明亮又欢乐的笑声。她轻声唱了起来。

“不需要任何东西，我只想要你……”

这动感的旋律让乔治大感意外，他探究地望着老太太。只听她用尽力气唱道：

“像红色迷恋秋天……”

护士探头望进来，吃惊地发现珀莱塔爬下了床，将收音机的音量开到最大。她走近乔治，把手伸向他，示爱般地唱道：

“你知道爱情，似乎出现在维罗纳……”

乔治热烈地回应她，两个人跳起舞来。他们围着床有节奏地跳了几步，珀莱塔转动身体，被乔治近乎专业的舞步带动着。他充满风度地展现高超的技巧，珀莱塔则用笑声鼓励着他。护士温柔地看着这对情侣。过了一会儿，被音乐吸引的护士们跟着一起热烈地唱起来。

“不需要任何东西，我只想要你！”

医院的工作人员都在享受这片刻的休闲，大家仿佛都成了少男少女。老太太笑靥如花，很开心看到乔治又赢了一把：赶走了阴霾，点亮她的一天。

夜幕伴随一天的好心情慢慢降临。为了弥补医院病号餐的惨淡，身边从不缺甜食的乔治带了些马卡龙来。他在老太太身边躺下，把保罗借给他的电脑放在桌上。电脑里存了很多要给珀莱塔看的电影——爱情片和最新的动作片。

“今天晚上，我给你推荐这部大师的作品！”乔治盯着屏幕说道。

“不！行行好吧！别看这部荒谬的电影！”

乔治可不会错过珀莱塔的银幕首秀，他弄到了去年夏天在旅店拍摄的电影。他知道她每句台词，熟悉她的每个动作，而且把珀莱塔初登银幕的光辉时刻反复播放了好几次。珀莱塔抬头望天，默默为自己完全暴露在摄像机下而生气，但同时也为老先生对她的欣赏而窃喜。

他们协商后，最终决定看伍迪·艾伦的电影。乔治在电脑上熟练地操作一番，然后重新躺回老太太身边，把她的手轻轻捧在掌心，两个人都露出满足的微笑。电影片头在粉色的光晕下慢慢显现。

曼哈顿熟悉的街景投射在银幕上，珀莱塔瞥了一眼乔治，他眼里闪着激动的光，沉迷于导演最爱的纽约一隅。他不喜欢在这种时刻被打扰，但珀莱塔忍不住叫了起来："真是一座美丽的城市！"

乔治点了点头，视线没有离开电脑。珀莱塔细细思考了很久，想找到最合适的方式把话题引到乔治的过往，而不让他知道自己已经了解他很多往事。但无论如何努力，乔治都保持缄默，总是简短地回答她故作天真的提问，或者在她提问更多细节时引开话题，又或者在珀莱塔坚持提问时紧紧抱住她。

今晚，珀莱塔还想试试运气："告诉我，乔治，你什么时候去纽约的？这座城市变化很大吧？"

乔治把一个马卡龙塞进嘴里，睁大眼睛表示同意。突然，病房的门打开了，走廊外面有个护士喊道："先生！探视时间结束了，您不能在这里！先生！"

一个身影快步闪入半明半暗的房里，立刻关上了门。

乔治赶紧站起身，喊道："朋友，请你马上出去！"

珀莱塔拉住他的手。站在面前的是菲利普，他脸上满是忧伤，看上去消瘦很多，眼睛下方有很深的黑眼圈。他还多了很多白发，看起来至少老了十岁。

他盯着珀莱塔看了好一会儿，终于走向床边。

看着老太太的脸色，乔治明白自己得去逛一圈了。他借这个机会跟护士解释了情况，也帮珀莱塔和她儿子争取到了独处的时间。

菲利普久久凝视着母亲，眼里充满泪水。珀莱塔终于张开双臂，抱起木偶般脆弱的儿子。菲利普在她怀里悲泣。老太太用仅剩的力气紧紧抱住他，也因怀里蔓延的绝望而深深沮丧。

三十七

科里娜离开了，带着孩子、银餐具和菲利普对生活的期望。她让菲利普心碎，同时也粉碎了他对真爱的梦想。对于他深信真爱这一点，科里娜还很吃惊，她认为生命那么长，怎么可能跟同一个人共度一生？菲利普不知如何回答这个问题。她通过律师把信寄给他，尽管菲利普知道她要得很多，还是净身出户了，怀里还紧紧抱着结婚照。

珀莱塔和他一起守到天亮，擦干他的泪水，尝试理解和宽慰他。在他描述整个悲剧时，珀莱塔连连摇头，科里娜毁了一切。珀莱塔不想添油加醋，她觉得自己似乎没能给儿子提供足够的帮助，以至于他完全没料到这一天的到来。

菲利普每天晚上都会来医院。他总是晚餐时间到，护士也默许了。他会给护士带些花，也可能是他的绝望打动了护士。对于母亲和儿子谁更需要治疗这一点，大家有时候会产生错觉。乔治始终陪在珀莱塔身边，但也很尊重他们母子间失而复得的亲密。他们三人会一起看场电影和电视剧，或者看看月升月落。通过只言片语、泪水和梅洛红酒，两个男人越来越熟悉。

珀莱塔有时候会站在窗前，眼角的余光观察着他们。年长的那个头发花白，年轻的那个发丝也斑白了——发际线推后很多。当她离开时，他们也会越变越老吧？她被埋于泥土之下时，他们会不会变成陌生人，在各自的角落里痛苦呢？她为儿子感到忧伤，看到儿子伤心，做母亲的本能让她心碎。孩子啊，我赋予你美梦、爱和希望，然而某天早晨，我发现原来你依然会为生活所伤，对生活失望。珀莱塔已无所畏惧，但害怕他人受到伤害，害怕让他们茫然若失，害怕自己的离去会带走他们生活里的某些意义。每次抚摸菲利普，她都想拭去他的悲伤，但又担心给他带去的是忧愁。失去深爱的女人似乎还不够，菲利普很快就要失去带给他生命的女人。

有时候，乔治会把手放在她肩头，投来一个微笑，她心头的蝴蝶又回来了。她可以再次相信自己是不可战胜的，还能活好久，至少会活到菲利普重新找到真爱的那一天，看着他庆祝失而复得的好运。

有天晚上，菲利普没在惯常时间出现在医院。珀莱塔和乔治听着新闻，和护工边聊天边玩纸牌接龙打发时间。一直到晚上九点，他们担心起来。或许菲利普跟朋友在一起？老太太不太相信。这些年，菲利普和科里娜不太跟朋友来往。科里娜总说菲利普太忙，但珀莱塔心里清楚，友谊不维系，就像不维系夫妻关系一样，很容易断裂。所以肯定不是因为朋友。也许他交了新女友？乔治猜测，他慢慢开始相信真爱的存在了。珀莱塔点点头，只有这个可能了。

在护士的帮助下，他们试着给菲利普打电话。电话没接通，语音留言让人更加担心。毕竟菲利普五十岁了，不是个小孩子，他有权利享受自己的夜晚时光。他明天会来看他们的，现在需要好好休息。

护士劝乔治离开病房。乔治在珀莱塔的额头投下一吻，又调皮地吻了第二下，只为让彼此开心些。他今晚要回旅店，借机了解一下伊凡的近况，老板似乎还没从诺尔离开的阴影里走出来。

开了灯，珀莱塔与恐惧和魔鬼独处，她不喜欢夜晚，既沉重又忧郁。她在床上翻来覆去，只听见覆盖她周身的医疗设备的轻微噪声，一种不祥的预感压迫着她。菲利普过得很糟，而她被困在这个房间里，完全帮不上忙。真令人着急！她真想打自己几个耳光。可怜的菲利普什么都没有了，而她还要用健康问题给他增加负担！

夜间护士进来查房时，发现珀莱塔睁大双眼望着自己。

“您又失眠了，珀莱塔太太？”她问道。

珀莱塔耸耸肩，什么都瞒不过她们。这些护士了解她的脉搏、血压，甚至她指尖的血细胞数量。她们帮她洗澡和穿衣，在她最虚弱的时候喂她吃饭。所以，她已经放弃害臊，这是要付出的代价。

“害臊在这里没有意义，珀莱塔太太，”日间护士索朗姬经常跟她说，“最重要的是维持您的尊严。”

珀莱塔很喜欢索朗姬的金句。她总能用简单的语言表达深刻的含义。

夜间护士给了珀莱塔一小颗安眠药，她在休息室里听别人说，老太太在为儿子担心。护士们经常会谈论病人和家属，仿佛他们是自己的亲人一样。

珀莱塔终于沉沉地睡去。

乔治走出医院后，就坐在长凳上。伊凡说今晚要来接他。今天是周日，餐厅不营业，晚上也没有直达巴士可以回旅店。

室外很冷，一个人也没有。他踢了几颗脚下的小石子，搓着手。实在太冷了，于是站起来走了几步。

乔治在公园里踱步取暖，等待老爷车的踪影。他很熟悉这片见证他和珀莱塔每日散步的针叶林。他笑起来，原来自己那么爱珀莱塔。每次她对他笑，都像电击一样唤醒了他的灵魂。他想爬到桌上跳踢踏舞，想随着蔓延全身的节奏舞动起来。

他把手插在口袋里，轻轻吹起了口哨。

突然，他听到一声惨叫。天气阴沉，公园里光线很暗，一开始他找不到声源。随后，响起一声更低沉的呻吟，他才辨认清楚方向，用手捂住胸口，赶紧走向那个人。只见菲利普趴在地上，脸上沾满灌木的刺，眉弓处都是血。老先生用尽全身力气想扶他起来。菲利普非常沉，但还有意识，他勉强爬起来坐下，但目光呆滞，摇晃着脑袋，浑身酒气。

“菲利普！是我，乔治！你得起来，不能这样待在这里！”

菲利普毫无反应。乔治试着扶他起来，菲利普脸朝下摔倒在地上。

不远处隐约传来一阵刹车声。乔治看到伊凡庞大的身躯艰难地从小汽车里爬出来。

“伊凡先生！伊凡先生！在这里！”

大个子伊凡和乔治好不容易把菲利普带回了旅店，把他安顿在珀莱塔的房里。朱丽叶特负责帮他清理伤口，给他喝了杯热茶，让他身体暖和起来。

菲利普很忧郁。这一切千万不能让珀莱塔知道。菲利普必须待在这里，直到恢复。

三十八

起初，菲利普很耻辱，几乎不踏出房门一步。

因为悲伤过度，他病倒了。几个月前，他禁不住科里娜的游说，把亲生母亲抛弃在这个旅店里。其实，那时科里娜和她的牙医已经偷情了。他一次都没来看过母亲，满足于太太给他带来的消息，全身心扑在工作上，根本没想亲自问问母亲的状况。现在，他自己在这里，独自一人，毫无价值，日日借酒浇愁，失去了对生活的期望，而他的母亲就在几公里外，生命垂危。他很想自我了断，结束这生命的轮回，没有遗憾，向生活谢幕。

朱丽叶特每天把饭菜放在他门口，询问他的状况。他背靠着门，只用几个字应答。伊凡会在开饭前来看看他，悲伤地看着这个跟他年龄相仿的男人沉浸在无尽的忧愁中。只有乔治与他保持距离，经验告诉他：菲利普还需要时间。

老先生关照了所有护士和身边的人要特别注意珀莱塔，她现在需要平静。大家都谎称菲利普出差了。珀莱塔假装相信，尽管她心里很清楚他们都在撒谎。她几乎天天失眠，即使睡也睡得很少，觉得罪孽深重。她慢慢丧失了胃口，食物和散步都没法激起她的兴趣。她变得难以亲近，沉默寡言，乔治发现她不再对任何事感兴趣。她总借口说天气太冷或是自己太累，以此推迟散步、阅读和看电影的时间。护士们都很担心，检查结果不太好，大家需要采取些行动。难道不能让她儿子回来吗？

乔治摇摇头：菲利普还需要时间。晚上在旅店，他听到隔壁房间总传来哭声。这个可怜的男人正备受折磨，他还没走出悲伤，但哀悼是必须的。第一段爱情结束后的忧伤乔治还历历在目，他知道菲利普也需要时间和独处。

一天早晨，乔治像往常一样拿着羊角面包来到医院。护士们却面露尴尬和担忧。珀莱塔明确表示今天不想见任何人。她说得非常清楚。乔治哑口无言，发生了什么事？面包的油从白纸袋里渗出来。老先生呆立在充满消毒水味的走廊里，突然觉得周遭的一切都变得毫无生命力。他明白珀莱塔也需要时间，他有时候也会有同样的需求。

他本来打算离开，转念又坚定地朝病房走去，轻轻敲了敲门，从房间的窗口望进去。老太太面朝窗户，似乎在睡觉。他蹑手蹑脚地走进房间，明白自己打破了他们之间不成文的约定：珀莱塔有时候需要与外部世界保持一些距离。他悄无声息地坐在床边的椅子上，老太太的呼吸告诉他——其实她并没有睡着。

他把羊角面包放在桌上，但没有脱下外套。

"珀莱塔，亲爱的。我不会逗留很久。我来只是想告诉你，我一直都在你身边。无论发生什么，我都不会离开。我知道这段时间，我的存在不如以往一样让你快乐了。我无法像从前那样让你欢笑，你的眼里无法再闪烁迷人的光。或许是我让你厌倦了，甚至让你厌烦。一想到这种可能，我的心就像被撕裂一样。因为我爱你，那么爱你，珀莱塔。"

他停顿了一会儿。

珀莱塔在床上捏紧拳头，他是不是打算离开自己了？滚吧！没什么大不了，他们在一起没有未来可言。她一无是处，会像行尸走肉般等着死神的降临。他要走了！再也见不到他了！他却还有美好的未来。他还能再遇到某人，一起旅行、欢笑和相爱。她能满足他什么需要呢！她感到愤怒。

他仿佛听到了她的心声，接着说道："知道吗，珀莱塔，我们的故事，我自己也没料到会发生！本来我对生活不抱任何期待了，生活继续着，却如一潭死水。不能说是厌倦，不是……只是生活于我而言了无滋味，就像一盘忘了放佐料的食物，而现在这碟菜里突然放了很多辣椒。"

她听到他在笑。

"对，没错，你就是我的佐料。相信我，一旦尝过这种滋味，其他都变得平淡无奇、毫无生趣。现在好好听我说，我的小姑娘，无论你想不想要，我都会在你身边，在房里或是门外，你来选择。但你骗不了我，我太了解你了，了解你的脾气、你受过的教育和你对‘不打扰’的执迷。我知道你这样做是怕自己变得烦人，怕纠缠太多让人厌烦。但在我这里有一个无限的空间，可以包容你这样的老太太。这个世界上，你是独一无二的。在我这里，你可以随心所欲。如果你需要独处的空间，我理解。但求你，不要推翻我们已经建立起来的感情。”

珀莱塔的眼眶湿润了。

乔治站起身，戴上帽子，走近床边。他温柔地俯下身，在老太太耳边说了几句话。

门一关上，珀莱塔的情绪彻底爆发了。乔治竟然如此了解她的想法，她感到震惊。泪水滑过布满皱纹的脸，乔治的话无疑打开了她的心。她感到茫然，像审视陌生人一样审视自己，也因为变成了如今这样的人而感到温暖。她一动不动地沉思：爱自己，真的需要一生的时间来学习。

回到旅店后，老先生敲开了菲利普的房门。是时候跟她儿子谈谈了。他走进阴暗的房间，空气很糟。他不等菲利普同意，就打开了窗户和挡风隔板，初秋的凉爽空气进入房间。菲利普低声埋怨，乔治拉开他的被子，把裤子递给了他：“起来，菲利普，我们出去走走。”

透过餐厅的窗户，伊凡、朱丽叶特和马瑟琳娜观察着这两个走在田间的男人。在和煦的阳光下，两个人手背在身后，一路聊着天，他们说了些什么呢?

天黑时，他们终于回来了。菲利普挽着乔治的手臂，然后回了自己的房间。

日子一天天过去，他们坚持着每日的散步，餐厅也依然忙碌着。菲利普的气色越来越好，话也渐渐多了。但他依然需要时间，旅店就像他的避难所，他不敢离开太久，也没有陪乔治去医院。他需要重新找回力量，去面对母亲。

大部分时光，菲利普都跟住客一起度过。他对厨房的事一无所知，但经常在餐厅或者花园里给伊凡打下手。在伊贝利特的帮助下，他会给植物浇水、除草，剪掉多余的树枝，有时候也会给常客端个啤酒。他对自己的生活很满意。那晚在公园的事是个打击，触碰了他的底线。

他清澈透明的眼睛很快吸引了马瑟琳娜的注意。让人意外的是，菲利普很欣赏这个打扮奇特的退休女士，甚至觉得她挺可爱的，这一点他非常明确。马瑟琳娜当然不是他所喜欢的类型。但女人，他已经体验够了。马瑟琳娜总是叽叽喳喳，有时候也没心没肺，倒总是很开心，也把好心情带给了身边的人。菲利普意外地发现，在她身边自己总会开怀大笑。

一天，阳光明媚，菲利普出现在医院。他打扮得整整齐齐，抹了香水，还刮了胡子。他的头发剃得很短，科里娜的阴影彻底消失了。他穿着剪裁精致的牛仔裤和新衬衫，推着轮椅走进珀莱塔的房间。

“走吧！”他英俊帅气的脸上浮现了笑容，兴奋地说道，“今天，我们出门！”

珀莱塔被他的话吓了一大跳，透过眼镜仔细观察着他。她需要时间来辨认眼前这个欢快活泼的男人是谁。菲利普看起来年轻了很多，总算找回了朝气。珀莱塔笑了起来，内心澎湃。

此刻是中午，午餐已经送到房间。乔治也坐在自己心爱的人身边笑着。

“这个主意太好了！来吧珀莱塔，我来帮你。”

他们把老太太瘦弱的身体抱到椅子上，小心地给她套上一件又一件羊毛衫。老太太的脸裹在巨大的围巾里，体型都变样了，不知道自己将面对怎样的冒险之旅。

“为什么要这样把我裹那么厚！透不过气来了！还有这个轮椅，我的天，真的有必要吗？”

她用尽小臂的力量，不等他们反应，就在轮椅前站了起来。她走了几步，背挺得笔直，可没支撑多久就倒向了一边。菲利普在她摔倒前赶紧抱住她，把她放到轮椅上，轻松地说道：“我带你穿越，回到1960年度假去。今天是周四，学校不上课！”

珀莱塔笑了。以前每逢周四，就是节日。她会在学校门口接儿子，菲利普背着双肩包，笑着走出校门。她会带他去餐厅吃饭。她跟丈夫从来不会单独去餐厅，他们有什么可谈的呢？但她跟儿子总有说不完的话：他们一起复习的诗歌，在课堂提问时他表现得好不好？他得了多少分？数学不太难；总是到处欺负人的大个子让，最后被人打了三个耳光，他终于老实了；回家作业记得要让妈妈签名，没错，吃完饭就签掉；他还会吃甜品，有时是漂浮岛，有时是夹心巧克力酥球，而且总问人要两把勺子，因为分享的食物总是最好吃的。

乔治在医院大门的台阶上向他们挥手告别。珀莱塔坐在汽车里，越开越远，她看起来有些不知所措。菲利普在单身后，找到了生活的热情。这辆红色敞篷车只不过是他重生后的第一个里程碑。

很快，菲利普在小城的市中心停了车。他快步下车，帮母亲去开门。在珈蓝饭店里，靠窗边有张桌子正等着他们。这不是他孩童时代去的餐厅，但毕竟离巴黎太远，要求不能太高。

珀莱塔微微发着抖，刺眼的阳光和周遭的声音都让她不太适应。她用披风盖住头，越来越少的头发让她很尴尬。她用围巾紧紧围住脖子，但她并不冷，到底是谁出的好主意带她来这里的？

服务员给她端来一杯充满异域风情的鸡尾酒，杯子里还插了把小纸伞。菲利普给她拍了张照，她笑起来。服务员点好菜就走了，只剩母子二人沉默着。菲利普像是走神了。

他突然抬起头，说道：“对不起。”

他的眼睛仿佛会说话。眼里满是懊恼，有小时候犯的错，也有那些长大后犯的更让人痛苦的错：他的忽视、沉默和缺席；那片本来留给科里娜的领地，终于又回到了他手里；在珀莱塔的生命只剩下几个月、几周和几天时，他却只谈论自己，只关心自己的婚姻问题……

她拉住他的手，目光从没像此刻这般温柔。她坚定地眨眨眼，无声地接受了他的歉意，她都明白。接着，她坐起身说道："我对你下任妻子的唯一要求——她得会做饭！"

菲利普笑了，泪水伴着笑声落了下来。他借机从衣服口袋里掏出一张纸，把它放在桌上。珀莱塔认出了上迦山疗养院的标志。

"他们在等你。只要你想，身体条件允许，随时可以去。他们也非常欢迎乔治。"

她接过信，轻轻抚摸儿子的头。他吻了吻她的额头，但很快被端菜前来的服务员打断了。这是美好的一天。

三十九

“朱丽叶特，你知道怎么系领带吗？”

朱丽叶特赶紧涂好口红，跑去帮伊凡。伊贝利特半个头消失在非常宽大的博尔萨莉诺礼帽里，一边吐舌头，一边画完了一张送给珀莱塔的画。

“准备好了吗？她很快就要到了。”

伊凡瞥了一眼钟，再次确认万事是否俱备：他拉了下桌布，把一条折痕拉平了，又整理了花瓶里的小雏菊，把盘子调整了一厘米——嗯，现在它处于中心了。

厨房里，保罗带来了草莓奶油蛋糕。应乔治的要求，蛋糕上放了两匹马。马瑟琳娜觉得这个品位太差了：他真以为珀莱塔对于赛马有美好的回忆吗？除了忧郁和剧烈的头痛，还能有什么？用这个方式来庆祝他们重逢，实在有点匪夷所思吧？但乔治可没兴趣听她的建议。对他而言，马是他俩的红娘，赛马咖啡馆是他们的第一次亲密接触，第二次是在医院。他珍藏着这些记忆，到了他们这个年纪，不能过分苛求，有时候好运气是在不经意间降临的。

过了一会儿，救护车在两株巨大的绣球花前停下。马瑟琳娜、朱丽叶特、伊贝利特和伊凡快步走来，迎接离开了好几周的珀莱塔。他们跟医院协商了好久才得到许可，让珀莱塔出院一天。乔治非常坚持：这是珀莱塔的生日。没人能拒绝这个请求。

菲利普和乔治先从车里走出来。老先生穿着特意为这次生日买的衬衫，还佩戴了领饰。一见到他，马瑟琳娜就故作娇媚，被他散发着光芒的蓝眼睛彻底迷住了。老先生刚下车就朝车子另一边走，庄重地打开车门。珀莱塔朝他点点头，表示感谢，她颤悠悠地撑着拐杖走出车门。朱丽叶特觉得老太太消瘦了很多，心也难过地揪了起来。珀莱塔穿着得体的淡紫色裙子，像是听到了朱丽叶特的心声一般，她挺直身体，露出一丝不易察觉的笑。

面对大家感慨的目光，她大声说道："喂，你们在等什么！午餐可不会自己准备好！"

他们围着她，开心地看到她一如既往的坏脾气，还有她的拐杖敲击地板的声音。伊凡挽住她的手臂，朱丽叶特负责带路。

珀莱塔走进旅店时，常客们纷纷鼓起了掌；雷昂钻到她的裙摆下，发出开心的叫声；门梁上挂着她的名字，是用花束拼成的；吧台则被粉色和白色的气球点缀着。

"我的天，这都是什么乱七八糟的！我希望我落葬时你们的品位可以提高些！"她朝大家说道。

原先挂着伊贝利特画的星星的墙上，今天被一幅巨大的海报替代了。珀莱塔的大头照在海报中央，能清晰地看到她闪着柔光的眼睛，嘴角还挂着一抹微笑。在她银色的头发下面，大写着"珀莱塔·梅西耶"几个字。名字下面，宣传语似的写着虚拟的电影名称"伊凡先生的旅店"，海报上的雷昂被打扮成电影导演的模样。这幅海报的作者保罗还像模像样地添加了一些电影评论：精彩至极；极具启发性；她很爱抱怨，但依旧非常优雅；不可错过的好电影。

大家笑着接受了珀莱塔的白眼，清晰地记得几周前拍摄的那个下午。在他们的记忆里，那一天似乎是他们无忧无虑相处的最后记忆了。不久后，诺尔就失踪了，紧接着珀莱塔又离开了。

伊贝利特拿着一本笔记本走过来，向她求签名。珀莱塔红着脸赶走了他。这群人一起作弄她这个老太太，不觉得害臊吗！

"我们希望明年能在戛纳电影节看到您！"朱丽叶特打趣道，她很开心珀莱塔重新回到他们身边。

伊凡穿着优雅的蓝色西装，手臂上服帖地挂着一块白餐巾，如皇家近卫队士兵般站得笔挺。

"珀莱塔太太，如果不打扰您的话……"

他示意老太太看向她的固定座位，今天桌子的摆设如同星级餐厅一般。

她慢慢走到座位，桌上摆着各种复杂的餐具，朱丽叶特为她拉开了座椅。

伊凡马上为她倒了一杯气泡水。

“2016年份的薇姿矿泉水，太太尝尝看吧。”

伊凡站得笔直，目视前方，用餐布包裹着瓶身，等待老太太的评价。

“可以了伊凡，我……”

“今日大厨推荐‘小鸟胃口’套餐。您是想要杂粮面包、粗粮面包还是白面包？”

戴着礼帽的伊贝利特拿来一大筐面包，这是珀莱塔的最爱。老太太强忍住笑，挑了块罂粟籽面包。过了一会儿，朱丽叶特系着特意准备的雪白围裙出现了，把玻璃罩从手中的餐盘上打开。

“青酱配意大利水牛芝士及番茄丁。”

伊凡在老太太的膝盖上铺上餐巾，邀她品尝。

坐在珀莱塔对面的乔治仔细观察着每一幕。珀莱塔品尝特意按她胃口定制的食物时，他的脸上浮现出温柔的笑。

他舒了一口气。最近几周充斥着柔情蜜意，爱情尽情怒放着。他们小心经营着那些在病房里度过的时光，属于他们的私密时光。每次太阳升起，都是他们的胜利。然而珀莱塔还有其他事要操心，她得继续接受治疗，而且不能保证一定会康复。每当口袋里插着很多笔的主治医生神色凝重地宣布令人扫兴的检查结果时，乔治和珀莱塔都会不在意地耸耸肩。几个月的相处时光，对于两颗对爱情本不抱期望的心来说，已经足够。

当乔治当着所有医护人员的面，深情诉说那些甜蜜的情话时，珀莱塔总是翻白眼。护士被老先生每个温柔的字眼所打动，被这对有情人感动着，启发着，更珍惜生命和挚爱。乔治和珀莱塔坚定不移的乐观点亮了惨淡的病房走廊。

“哎！乔治！”老先生想当着医生的面拉老太太的手时，老太太总会训斥他。乔治脸红了，露出灿烂的笑。他每天都会带老太太神游法国最美丽的地方，为她念诗，还不敢告诉她有些是他自己写的。他总是偷偷让她赢拼字比赛，鼓励她倾诉有关自己的小故事，尽管有些故事他已经听过好多遍。有时候，守着小夜灯，她让他尽情拥抱自己，也会羞涩地回应他的吻，脸上尽是幸福的光。

盘里的食物一吃完，朱丽叶特就跑过来收走了。

伊凡宣布道：“莫城芥末烩兔腿佐意大利小宽面。”

伊贝利特坐在高脚凳上，伊凡的表演和为老太太定制的小分量餐食让他忍不住偷笑起来。在别人看起来，还以为他们是在过家家。

“烤白鲈鱼佐腌渍茴香。祝您用餐愉快，太太！”

“差不多了吧？这装模作样的戏还要演多久？”

为了装出一贯的坏脾气，珀莱塔还真是挺辛苦的。回到旅店，坐上固定座位，沐浴在阳光里，受到大家如此密切的关注，让她觉得很快乐。她时不时看一眼乔治，因为对方热切的眼神让她受不了。

“菜似乎很合您的胃口。”伊凡一边收拾空盘，一边说道。

“先生应该了解，如果盘里的食物还有剩下的，我们是不会做任何评价的。”珀莱塔粗暴地说道。

伊凡暗笑。

“总厨特选三种奶酪。您想来点面包佐奶酪吗？”

“可以了！别得寸进尺！”她眼里充满笑意，大吼道，“绝不是因为我胃口小，是因为我受够了超大份薯条！”

吃完奶酪，伊贝利特把一辆放满甜品的小餐车推到老太太桌边。餐车上放着一个三层甜品架，架子上到处点缀着软糖和小纸花。最底下一层全是巧克力，有十几种软心巧克力小蛋糕、迷你巧克力慕斯挞和迷你布朗尼蛋糕；第二层放着很多种色彩斑斓的水果挞；在最高层放着十几个迷你朗姆酒蛋糕，伊贝利特用火柴点燃了它们。淡淡的香草味混着青柠檬的味道充满了整个餐厅。

珀莱塔忍不住鼓起掌来。

“我每个都要尝尝。”

“好极了！”伊凡和朱丽叶特同时叫出了声。

这时，乔治出现在他们身后，手里端着草莓奶油蛋糕。蛋糕顶上有两匹杏仁酱做成的马，被摆成了接吻的造型。看到此处，珀莱塔眼中泛起了泪光。

过了一会儿，电话铃响了。伊凡嘴里塞满了巧克力点心，离开人群去接电话，他站在吧台后面喊道：“珀莱塔太太，上迦山疗养院的电话！”

“哦！跟他们说见鬼去吧！”穿过餐厅的嘈杂声，她无情地说道。

伊凡则用礼貌的方式回复了对方。

四十

午睡的珀莱塔被鸟叫声吵醒。

过完美好的时光，她决定回房休息一下。依靠兴奋的情绪，她奇迹般地吃完了整顿午餐。瞥一眼钟，她才发现居然睡了那么久。救护车很快就要来了，但她还想跟朋友们多相处一会儿。她忍不住笑了起来，谁能想到有一天她会这样称呼他们呢！朋友们！有时候生活确实为你保留了许多有趣的惊喜。

她环顾床的四周，房间维持得很好。贴心地把她的信都放在五斗橱上的人一定是朱丽叶特。有个信封引起了她的兴趣。信封的规格很特别，右上角还贴着一张她从没见过的彩色邮票——上面写着“圣诞快乐”。

在十月份出现“圣诞快乐”非常清奇。出于本能，她以颤抖的双手所能达到的最快速度打开了信封，抽出一张很厚的信纸。信上的手写体有些别扭，作者应该跟她一样没法稳稳地拿住笔了。

致珀莱塔·梅西耶太太

2015年9月15日，纽约

亲爱的太太：

首先，请允许我为不够标准的法语道歉。我的名字叫约翰森·克雷顿·史密斯，是葛洛丽亚·嘉宝粉丝俱乐部的主席。

我非常珍惜这些从法国寄来的信，它们仿佛让我跟随您的脚步在诺曼底海边散步。

收到您的邮件我欣喜万分，我从没见过您信中附上的那些手写信。很可惜的是，身边那些看过信的朋友中也没人有任何线索或头绪。这是个非常动人的故事，请允许我再次询问，您是否确认这些信是写给葛洛丽亚·嘉宝的？我们这里没有任何线索显示嘉宝女士与您信中提到的乔治·诺威先生有过通信。

葛洛丽亚·嘉宝小姐于1953年春天与杰里米·雅培先生结婚。雅培先生是她舞台上的搭档，也是生活中的伴侣，但这段婚姻并不幸福。葛洛丽亚小姐在先生过世后没有再婚，直到六年前离世，一直保持单身。

我从未听过她在雅培先生之前的爱情故事，但葛洛丽亚小姐确实既神秘又有魅力。

非常抱歉无法针对这个话题给您更多信息。我衷心祝愿您在今后的调查中能有收获，也希望您能遇到给您更多帮助的人。

最好的祝愿。

约翰森·C. 史密斯

她又仔细地读了一遍信，被作者晦涩的法语逗乐的同时，对他所表达的内容也很失望。很不幸，珀莱塔的调查没能进行到底。她还给葛洛丽亚·嘉宝的朋友寄去了乔治的一些“信”。她心里明白，有人记得六十年前年轻的乔治来到纽约，爱上当时还不知名的舞蹈演员的可能性微乎其微。事实上，可怜的葛洛丽亚已经去世了，这段悲伤的爱情故事也永远被埋葬了。

几周之前，借着在医院的公园里散步的机会，珀莱塔终于让乔治说出了他的故事。她听他说了在巴黎的童年时光、所受的严格教育和他年轻时代所取得的荣誉。那天，太阳温暖着他们的老骨头，她也隐晦地跟他说了自己的父亲、不幸的婚姻、菲利普的成长以及那些在拉伯勒度过的假期，还有慢慢蔓延至全身的疾病——迫使她离开了家和那条自己深爱的紫藤小道。她的教养和分寸感不允许她在乔治鼓励的目光下肆意地释放感情。泪水、照顾和连续不断的探访，本不是她想要的，所以她选择独自面对，要求医生不告诉任何人，她会找到一个地方来度过最后的日子。本来，她已下定决心在南法那所高端医疗中心度过这段时光，但机缘巧合，现实让一切变得有些不同……

她笑着，因为乔治狡黠地宽慰她：如果不太计较，医院跟上迦山疗养院是有相似之处的，譬如医院也有私家公园和送餐服务。他们还一起回忆了珀莱塔刚到旅店的情景，两人都大笑起来。还有一次，她搭着乔治的手臂，假装成脑子不清楚，跟经过的散步者介绍乔治是她的管家。护士们被老先生的大笑吸引过来，加入了他们的谈话，要他说说是怎么跟珀莱塔熟稔起来的。

“应该是在赛马咖啡馆的时候，你跟我谈起你的小马，还记得吗？”

在护士面前，珀莱塔有些不好意思，假装想不起来了。

“不管怎么样，你们可是有故事可以跟孙辈分享呢。”

乔治脸色变了，这没能逃过珀莱塔的眼睛。

夜幕降临。老先生回旅店前，她依然尝试去了解他更多的过往。他没有说得太详细，只说时光流转太快，无论事业还是爱情他都没有太好的运气，就这样平平淡淡，直到今天才转运了。

她还躲开了他的吻，想要知道更多。

“你从没恋爱过吗？”

“没有，没有真正地爱过。当然或多或少有过几个爱人，但没人让我像现在爱你般深刻地爱过。”他补充道，眼里充满温柔。

乔治谨慎小心，不想在他们的爱情故事里投射任何阴影。他当然爱过，那种疯狂的感觉充斥着他的感官，让他彻底忘记了现实。他那时只有二十岁，人生才刚开始不久，未来还有大把的机会和诱惑。

他念大学的时候，说服了父亲让他漂洋过海，去看看外面的世界。纽约！这座充满各种可能的城市是他向往的地方！起初父亲是反对的，觉得儿子一定会在那座臭名昭著的城市里迷失堕落，但夫人说服了他：如果儿子能学到美国的先进技术，无疑会成为家族生意发展的宝贵财富。于是，乔治怀揣着满心的期望出发了。

在逐梦的路上，他遇到了葛洛丽亚。

她有一双明亮的大眼睛和醉人的微笑，美丽的身影每晚都吸引着人们前来，只为欣赏她随着音乐翩翩起舞的修长双腿。她的皮肤如雪一般，近乎透明，像绸缎一样柔软，在舞台灯光的照射下反射着剔透的光。

他们相爱了，整整两年。整座城市的大楼和街灯见证了他们纯真的爱情：在出租车里，在爵士酒吧的后排座位，在繁华的大街和幽静的小巷，在中央公园的百年大树下和小松鼠善意的目光中，在璀璨的秋季和初雪的冬季，在他潮湿闷热的狭小房间里和纷乱热烈的后台。他们度过了无数的美好时光，承诺彼此永不分开。这些诺言在他离开的前夜全部烟消云散了：葛洛丽亚甚至没来跟他道别。直到离开前的最后一刻，乔治仍期待着葛洛丽亚会来同他相聚。他跪在阁楼的火炉前，暴风雪敲击着覆满水汽的船舱玻璃。他祈祷她会登船，跟他回法国，但一切都是徒劳。船启航了，带着一个年轻男子和他破碎的心。但他依旧坚定地用尽办法，想找回当时他认为的生命中唯一的爱。

乔治不了解自己被抛弃的原因，以及这场诀别会给他带来如何绝望的沉默。他给她写了很多信，坚定地不带一丝怀疑。他给剧院打过电话，还花费了好几百美元请私家侦探查找她的下落，但私家侦探带给他的信息并不比报纸上的新闻详细：葛洛丽亚和自己的舞伴——杰里米·雅培结婚了。

乔治不愿相信葛洛丽亚在爱情里会如此糊涂。雅培既暴力又善妒，不但在公众场合羞辱她，还在私下与她纠缠。他梦想占有她，她却总嘲笑他癞蛤蟆想吃天鹅肉。乔治在房里好几周，他闭门不出，更不愿接受这个事实，直到父亲将他扫地出门。父亲当时给他下了最后通牒：如果不能尽快振作，就要和他断绝父子关系。但年轻的乔治没法面对这个打击，他爱得很快，也很疯狂。生活对他而言再无滋味，了无生趣。固执的父亲也把威胁变成了现实。乔治沦为一个拿着手提箱的推销员，这是他唯一能胜任的工作。

直到他出现在管家的病榻前，谜底才被揭晓。管家让为他保留了一切，包括他的秘密。父亲没有允许任何一封让儿子心碎的情书离开法国。让把所有的信都存在乔治母亲的一个帽盒里，但也让乔治和葛洛丽亚取得联系的努力化为乌有。父亲在管家离世不久后也去世了，儿子乔治甚至没去参加他的葬礼。

这就是乔治爱情生活的全部，猛烈的爱火熊熊燃烧过，好多年后依然可以闻到冷去的烧焦味。直到他遇见珀莱塔，她的出现，让他重新相信爱的存在。

珀莱塔没想过告诉乔治，自己对他的爱情故事已经了如指掌；更不可能告诉他，自己在他房里找到了那些信。她感觉自己像个不道德的骗子，甚至是个纠缠不清还故作天真的女人。对于两性相处她有自己的理论，并不认为两个人需要绝对坦诚。然而，了解了整段过往后，最大的谜团依然没有解开。为什么舞蹈家没跟随他来到法国？为何她一封信都没回复他，也没试着给他写信？珀莱塔一向不喜欢谜团，尤其不喜欢别人的谜团，立志要通过联系葛洛丽亚・嘉宝的粉丝俱乐部把事情搞个水落石出。遗憾的是，主席的信没给她带来任何有用的线索。

朱丽叶特轻轻敲了敲门。珀莱塔赶忙把史密斯的信放进手提包里。

"还好吗，珀莱塔太太？"

珀莱塔示意她进来，坐在她身边。

"你呢？"她注视着年轻姑娘的眼睛。

朱丽叶特脸上笼着一层哀愁。珀莱塔知道疾病会引起人的戒心，让身边的人不敢在她面前吐露心声。朱丽叶特也难避免这种世俗观念，觉得自己的烦恼在老太太的健康问题面前根本不值一提。她不能用自己的问题去叨扰老太太。

珀莱塔坚持问道："你没有诺尔的消息吗？"

“没有……伊凡先生装成没事的样子，但他每晚都在花园里抽烟斗，每天在厨房里忙到筋疲力尽，黑眼圈很深。”

望着老太太担忧的脸，朱丽叶特连忙笑着打岔：“但您真该看看马瑟琳娜是如何帮忙的！她告诉我，她和伊凡的组合非常默契。听听她有多能干吧。在我累倒下不了床的时候，她会代替我在餐厅服务！我没有恶意，但她跟客人闲聊的时间似乎太久了，您明白我的意思吧……”

“我猜她一定很想念乔治的运动课吧！”

“您肯定想不到她是怎么说的。她说服乔治给我们上健美操课，就在沙滩上，在您……”

“在我放你们鸽子之前！”

朱丽叶特很尴尬，她突然一把拉住珀莱塔的手臂。

“我们很想你，珀莱塔。”

老太太吃了一惊，手臂悬在半空。看着小姑娘紧紧拉着她的手臂，她用另一只手轻轻拍着她的背。朱丽叶特噙着泪花，再也控制不住自己的情绪，搂住了老太太的脖子，还在她身上闻到了玫瑰与茉莉的香气。

四十一

梨树上落下了一片叶子。

它落到由黄色、橙色和红色落叶铺成的地毯上，无声地与伙伴们会合了。

伊凡长叹一口气。尽管天气挺暖和，但秋天的脚步已缓缓到来。他借着夕阳仔细观察着草坪，需要抓紧时间给草地清理苔藓，才能确保它顺利过冬。冬天了！他觉得春天似乎还在昨天。四季如梭般交替，他怀疑有人偷走了时光。等待诺尔归来的日子遥遥无期，几个月的时光在等待中悄悄流逝了。

尽管知道夜晚起风后很快会把落叶吹散，但他依然用齿耙把它们扫成一堆。他穿着背心，腰间的围裙还没来得及脱下，强忍住哈欠，微微有些发抖。这几周来，旅店总是客满。有位记者被旅店越来越兴隆的生意吸引，提出要来吃午餐。伊凡努力回忆他预约的日期。是周二，还是周三？这一切让他更加焦躁。

自打诺尔离开，马瑟琳娜经常在餐厅里给朱丽叶特当帮手，伊凡则专注在灶台后，伊贝利特帮忙洗碗。伊贝利特不忙着驯化院子里的蜗牛时，会热情洋溢地在餐厅里给客人朗诵。诺尔的失踪似乎对他毫无影响，他只是烦恼菜单上不再有粗面粉。旅店的气氛还是很欢乐，但每天的工作很累人。餐厅打扫干净，就要算账做些笔头工作，得订购第二天菜单所需的食材，要做甜品把柜子填满，天知道以前诺尔还要操持多少杂事，他疯狂想念着她。夜幕降临后，玩“妙探寻凶”的机会也越来越少。通常太阳还没落山，住客就都回到各自的房间休息了。

花园另一头传来了响动，伊凡抬起头，眯起眼睛。灯光太昏暗，什么都看不清。小鸟站在梨树顶上歌唱。他的视线追随小鸟，想知道这只还在树间嬉戏的到底是什么鸟。突然，有个人影出现在篱笆后。叼着烟斗的伊凡呆立在原地。鸟儿依旧在歌唱，像是在宣布好消息一样。愣了几秒后，伊凡很快认出了这坚定的步伐、熟悉的身影和香皂的清新味道。

诺尔。

诺尔站在那里，嘴角挂着一抹窘迫的笑。

伊凡的心飞快地跳起来。他们沉默地对视一会儿。她没有变化，长长的裙摆遮着脚踝。他看到她太阳穴附近有几缕白发，但记不清是新添的还是早已存在的。

诺尔看着这张歪斜的脸上深深的黑眼圈，整颗心揪了起来。她从头到脚打量伊凡，看了一眼他脚边的齿耙，目光重新回到那双因为吃惊而瞪大的眼睛。诺尔很想扑上去搂住他的脖子，但很快克制住了，因为对于他们之间的关系还不够确定。她害怕太冲动，更因为不告而别的行为感到窘迫。

“你的翠菊还是很美。”她指着一丛红宝石色的雏菊，突然说道。

伊凡撇撇嘴，他不喜欢这种花，觉得长菊花的角落看起来像是墓地。

“或许它们等着你归来？”他恰当地答道。

他的语气比想象中粗暴。毫无疑问内心苦涩的他还做不到立即甜蜜地庆祝大厨归来，无法掩饰对她不知归期的离去曾有过无尽的失望。她低下头，温柔地走向他。他提议在花园被露水打湿的扶手椅上坐一会儿。他们挨着彼此坐着，望着远处的农田。刚翻过的地崎岖蜿蜒，空气里飘着熟悉的香味。

伊凡沉默地抽着烟斗。诺尔努力搜索脑海中的词汇。面对他的沉默，她完全忘了从黎明起就开始准备的话。

“对不起。”她好不容易说出口。

三个音节温柔地说了出来，在空气中回荡，让伊凡感慨万千。

“你好吗？”他低沉地问道，声音里透出对她的担心。

“我很好。”

她转头望着他。月亮在夜空中高高挂起，奇异的月光倾泻下来，照着他面瘫的半边脸。

“伊凡，让我一五一十地告诉你。但首先，我想让你知道，我并不想离开这里，我是不得已，不能忍受让你处于危险之中。你和其他住户……我由衷地为自己带来的不愉快感到悔恨。”

两人都沉默了，只有伊凡吸烟斗的声音回荡在空气中。一吹一吸的光亮裹着热烟草的香气，照亮了诺尔的眼睛。他太想念只属于他们两人的时光了，像这样看着月亮慢慢升起的时光。

坏消息来到旅店的那个晚上，诺尔下定决心接受调查此案的警官的建议。他答应只要她出面指证，就会保障她的人身安全。好几条罪名已经落实，但检察官需要她给这起跟踪了两年的案子指出更多犯罪事实。这是个覆盖整个地中海沿岸的贩毒组织，涉及很多阶层。好几个主谋已经暴露，案件审理过程将引起轰动。他们需要她的帮助，她也下定决心提供，并说服自己打破再也不介入过去阴影的承诺。

要想活命，就要谨慎。所以那夜她不告而别，被一辆不起眼的汽车带到了几百公里以外。整个过程需要足够的耐心和严谨的准备，不能心存侥幸。她把过去的生活和盘托出，那些三十年前她以为封存在脑海里的记忆。这是个考验，有些伤疤再次被挖了出来，她自己都不确定还有没有愈合的可能。

经过几周的庭审，终于迎来了判决。她自由了，可以自由地回家，光明正大地生活，不再需要为自己和所爱的人担忧。贩毒网络就算没有被彻底粉碎，至少已经基本摧毁了，主要的涉案人员都得在狱中度过漫长的岁月。

伊凡手里握着烟斗，惊讶得一句话都说不出。他无法相信自己的耳朵。诺尔，他的大厨，居然是贩毒及洗黑钱网络案件的重要证人！诺尔，这个讲话轻声细语，只敢对着西葫芦抱怨的人，居然是贩毒集团大头目的前妻。诺尔描述的惊涛骇浪与宁静的田野形成巨大的反差，让人无法相信这一切。

他坐直身体，无法提出任何恰当的问题，也不知该如何形容自己的同情。他惊讶地张大嘴，为了不失态，又点燃了烟斗。诺尔看着被画成五颜六色摆放在地上的松果——这是伊贝利特为蜗牛赛跑而设置的赛道。她露出了会心的笑。

突然，院子那头传来一声闷响，像是小猪的呼吸伴随刺耳的叫声。伊凡侧耳聆听：肯定是小刺猬塞维林回来了。它艰难地爬到菜地里，身上的刺对准一只蜗牛，然后把蜗牛送进嘴里。

“哎哟，总算来了！”伊凡对着小刺猬生气地叫起来，“你看看，多少生菜都被这些肮脏的小虫吃掉了！你到哪里去了，什么正经事也干不了的地方吗？”

诺尔大笑起来，说道：“我向你保证，塞维林没有被传唤！它一定在蒙特马林那边遇到了心仪的母刺猬，但夏天的激情难以为继，你明白的！”

伊凡高兴地笑起来。

“这个塞维林啊，最好赶紧去工作！要不然明天就是当日主菜了！”

诺尔站起身，拉住伊凡的手。伊凡愣住了，表情很不自然。

“能重新回到你身边，我觉得很高兴。”

他们凝视着对方，像是过了一个世纪那么久。伊凡觉得既尴尬又快乐，清了清嗓子：“那个……这不是最重要的……”

诺尔拉平了裙子，伊凡收好了齿耙。他们一起回旅店，还不约而同地回头望了一眼正在生菜地里努力寻找晚餐的塞维林。

诺尔迫不及待地回到厨房。料理台上放着一筐西葫芦，只等她来干活了。

“看来我离开的这段时间餐厅维持得不错！”她戏谑地对正在传菜口望着她的老板说道。

他低声埋怨，对于自己在餐饮上的不济表示尴尬。

“珀莱塔身体好些了吗？”她低声问道。

伊凡一脸困惑。她怎么会知道？

“你应该不会相信我会不打听你们的消息吧！”诺尔大声说道，用力嗅着一盒草莓，“啊，真香！但我估计这可能是当季最后一批草莓了。你明天帮我在菜单上加个草莓羹，伊凡。”

她边说边系上围裙，从冰箱里拿出牛奶，又拿出几只干酪蛋糕的模具。雷昂跑过来，钻到她的腿间。

“啊，我的雷昂！你以为我会让你一个人在这里称王吗？过来，到这儿来，告诉我你觉得这些香草奶油的味道怎么样……”

伊凡把厨房留给了大厨和她的警卫。诺尔和雷昂之间的对话总会给他惊喜。他想到珀莱塔，再次陷入对大厨无所不知的讶异。她到底怎么知道的？哎！还是让女人保持点神秘感吧。他不由自主地想到，伊贝利特对整个事件的了解之深可能远超过大家的想象。

四十二

⚤

诺尔敲了敲朱丽叶特的房门，轻声走了进去。

睡眼惺忪的小脑袋从羽绒被里探出来。朱丽叶特不可置信地揉了揉半眯的眼睛，又使劲眨了眨。她还在发蒙，无法在深沉的睡意中辨认出站在眼前的熟悉身影是现实还是梦境。

诺尔轻轻坐在温暖的羽绒被上。朱丽叶特的头发乱蓬蓬的，挺着滚圆的肚子笑起来，一把搂住了诺尔。

“噢，亲爱的！”诺尔低声感叹，下巴顶着朱丽叶特的背。

她轻轻推开朱丽叶特：“让我好好看看你。”

她们沉默着注视对方，迫不及待地想知道在对方的生活里错过了什么，更因这次的重逢而欢欣不已。

诺尔挤到朱丽叶特的被窝里，房间的味道很舒服，被窝也很暖和。诺尔缓缓地对她讲述自己的经历、离开的原因和回来的理由。朱丽叶特抱怨着她的离去带给自己的失落、雷昂的调皮捣蛋，还有对宝宝的降临充满期待的心情。

“还剩不到三个月了！”她感叹，绽放了大大的笑容。

诺尔很高兴能够看到朱丽叶特如此享受孕期，心中的罪恶感也减轻不少。她答应过陪伴在她身边，却为了自己的事离开了两个月，内心饱受煎熬。

“你不会再离开了，对吗？”朱丽叶特问道。

“绝对不会发生了。马瑟琳娜还以为我会这么轻易把位置让给她……再说，必须得有人看着雷昂和它的恶作剧！”

她们笑了起来。

“伊凡先生有跟你说过珀莱塔的情况吗？”朱丽叶特突然问道。

“对，我知道。她什么时候能够出院？”

“我们不清楚。她在接受密集治疗，但总是假装一切都好。你如果看到她，也会相信她的话。她简直容光焕发！说这是化疗的功效。你知道吗，乔治先生每天都去看她呢……”

“乔治先生？”诺尔惊喜地叫起来。

朱丽叶特笑了：“他们表现得若无其事，但伊贝利特看到过他们手牵手在医院的公园里散步。自打你离开后，他俩就亲密无间了。”

诺尔感动地笑了。

“真是让人对爱情充满幻想……”朱丽叶特感叹道。

诺尔赞同地发起了呆。她瞥了一眼放着笔记本的五斗橱。

“那你的神秘情人呢？”

朱丽叶特的脸一下亮了起来。

“我们一直在对话呢！”

诺尔满脸困惑地扬起眉毛。朱丽叶特跟她描述了笔记上的对话——他们一问一答地诉说彼此的好恶。她还跟诺尔说了那张打开相逢之门的书签，以及她是怎样打算慢慢来的。

“那是什么时候的事了？”

“噢，这是一个月前的事……”

“一个月了！那你这段时间在干什么？”诺尔饶有兴致地问道。

朱丽叶特脸红了。

“那个……我们也在增进了解，一直在笔记上交替留话……他告诉我他喜欢什么，我告诉他我的口味……不管你信不信，我们居然没在图书馆遇到过！真是奇怪，对不对？我猜想每天早上我去图书馆的时候他应该在工作，我们的作息时间不同，大概是这样……你能想象我对这个素未谋面的他有多了解吗！”她兴奋地说道。

诺尔却皱起了眉头。

“什么？怎么了？”

“朱丽叶特……”

诺尔拨开掉落在小姑娘眼前的发丝，温柔又深沉地对她诉说：在不久以前，人们还都宁愿在爱里消亡，而不愿孤独终老。那个时候没有手机，如果错过电话，对方根本不知道。在那个时候，恋人能感受到彼此身上独特的气息，光是看情书上的字迹就会泪流满面。在那个时代，人们会给彼此写情书，将情话珍藏，收在抽屉里。那个时候的爱情属于敢于敞开心扉去爱的人，他们爱得无拘无束，无牵无绊。相爱的时光好像流逝得特别快，让人以为爱可以永恒。人们奋不顾身地投入爱里，不在意对方喜欢狗，喜欢猫还是喜欢鸟，不在意对方是否支持右翼，早餐是否喝茶。而在如今这个时代，高科技把爱情中最美的意外吞没在技术的配对中。今时今日，人们在目录册中选爱人，用对方的职业、度假地点和最爱的运动匹配心仪对象。爱侣间的关系仿佛纸巾般脆弱。人的内心总是渴望未知的冒险，很快厌倦了系统推荐的标准情人。一直守着笔记本里那些句子的朱丽叶特，也跟其他人一样，仔细观察着对方的坏品位、他们之间的区别、无法妥协的不同，其实也是在以她的方式剖析对方。他们之间的对话，乍看起来浪漫，其实跟同龄人间的网恋没有任何区别！为了防备自己不受伤害，她在网上查找着一切关于对方的信息，浑然不觉这样一来对方已经毫无魅力可言。

“你得明白，爱没有举例，没有标准，不需要通过记事本产生！”诺尔生气地说道，“爱是不假思索的，没有逻辑，不需要数据。爱是一种化学反应，是一种感觉，它是不理智的，在不知不觉中开始，但又让你难以自拔地陷进去。”

朱丽叶特仔细听着诺尔智慧的话语，又想到了外婆。外婆十九岁嫁给几乎完全不了解的陌生男人，温柔地老去直至死亡。他们学着共同生活、相爱，适应彼此的不同，包容彼此的不同意见。既然选择了对方，就要相互磨合。爱情不但要考虑终点，更应该在相爱的旅程中找到最舒服的相处方式。

朱丽叶特叹了口气：“诺尔，没你我该怎么办？”

四十三

朱丽叶特扯了片棉花糖放进嘴里。

她躲在一支胡子状的巨大粉色棉花糖后，仔细观察着涂鸦巴士上的画。车头画了只张着大嘴的有角怪兽，孩子们快乐地呼喊着。棉花糖在舌尖融化了。一对年轻情侣正好停在她面前，两个人同时咬着一只苹果，还拍了张自拍，当代的白雪公主女主角笑得很开怀。

像是听到了朱丽叶特的心声，一群“小矮人”出现在视野里。有个皮肤雪白的小矮人站在队伍最前面，卖力地吹着小号；紧接着是穿着夸张的鞋子的小矮人，他是给第一位小矮人伴舞的；第三位小矮人则欢乐地敲着大鼓。朱丽叶特兴致勃勃地欣赏他们的音乐会。一个微胖的小丑飞快地跑过来加入队伍，却被过于肥大的裤腿绊了一下，顺势给朱丽叶特行了个屈膝礼，还敲响了三角铁。

表演效果还不错。朱丽叶特看了眼手表，时间还早。她特意早点来，给自己足够的时间享受游园会的氛围，熟悉细沙铺就的街道，特别是要给自己找个好位置。她的膝盖随着铜管乐队的节奏不由自主地抖动起来，但主要是因为紧张，而不是音乐。

队伍末尾，表演旋转铁圈的年轻姑娘在穿过人群时跌倒了，她手腕和膝盖上都套着很多彩色铁圈。这让朱丽叶特想起某年的岁末表演，那年她好像九岁，被自己的体操带绊倒了，教室的同学嘘声一片。至今回忆起来，她仍觉得不舒服，这样的记忆在此刻没法舒缓她的情绪。

她决定去玩一圈摩天轮，让自己平静下来。爬上悬浮的座椅后，她的双手紧紧拉住两面的栏杆。过了一会儿，座椅飘在了空中，她看到了公园的全景。人们的身影看起来像是一只只小昆虫。她张开双臂，有失重的感觉。

她的心仿佛飘到了俄罗斯的山顶。很快，她就局促不安起来，难以抑制内心的焦虑，后悔来到了这里。但同时，她又感觉迫不及待，很高兴战胜自己的恐惧，毅然来到了这里，孤注一掷地投身于这个似乎希望不大但又令人期待的故事里。这场即将上演的相遇，让她既兴奋又恐惧。

两周前，她紧张地把一张游园会的门票夹在笔记本里，放在图书馆的书架上。她在门票背面写道：

周六月圆时，20点05分，记得带花来。

她把笔记本放好，飞快地跑出去，骑上了自行车，生怕自己改变主意。

透过这些小句子，朱丽叶特了解到他喜欢游园会，喜欢那些五彩的飘带、各种比赛和小飞镖戳气球游戏；她还知道，他很讨厌那些永远抓不到玩具的抓娃娃机；他喜欢看到木棍从湍急的水道滚下来，也喜欢小朋友坐的小火车，尤其是那种老式蒸汽火车；但他最讨厌玻璃迷宫里那些错综复杂的镜子。这不能怪他，那些镜子走廊也让她浑身起鸡皮疙瘩。但她依然觉得为了她，他必须进去一次。现在，她手里紧紧攥着能开门的“芝麻”：一张门票，跟她放在图书馆里的门票一模一样。门票上写着金色的大字：

水晶宫殿

这个名字吸引了她。她也很喜欢这座建筑表面斑斓的灯光、霓虹灯下闪烁的玻璃，还有彩色亮眼的装饰。

摩天轮慢慢转回地面，游人恢复了正常大小。她带着些许懊恼离开了，约定的时间就快到了。

她环顾四周，观察被邀请人的最佳位置是个明亮的小木棚。小木棚前站着两个三岁左右的小男孩，他们手里各拿着一根小鱼竿，试着钓起面前传送带上的小鸭子。其中一个赢了只塑料恐龙。看着他惊喜的目光，朱丽叶特忍不住抚摸自己隆起的肚子，现在已经没法掩盖怀孕的事实了。但她丝毫不认为这会妨碍这次相遇，相反她把自己圆润的腹部大剌剌地显露出来。要么接受全部的我，要么就走开。她用体型宣示了立场。

但从某种层面上讲，她对笔记主人的容貌多了几分宽容。不得不承认，透过那些短句，她在脑海里已经刻画过他的形象。她想象的他应该是个身材高大又长着娃娃脸的男人，他拥有明亮的大眼睛，脸上的胡子刮得很干净，还有一双大手……但想到诺尔的建议，她又赶紧把这个形象从脑海里抹去，她已经等了太久。尽管在这些日子里他们建立了深厚的情谊，但她依然冒着想象败给现实的巨大风险。

朱丽叶特耸耸肩。算了！她和肚子里瘦弱的小生命将收获很多美好。她会给他创造美好的生活，无所谓是否有个完美骑士闯进他们的生活。

朱丽叶特被摇摇摆摆的塑料小鸭子吸引了，完全没注意到有个男子已经靠近。

安东尼神色紧张，尽管天气已经转凉，他的外套依然拿在手里。他还觉得很热，擦了擦额头的汗，沿着金属小斜坡一路向上，在售票岗亭前停下脚步。岗亭里坐着一位身材臃肿的女士，她眼睛盯着电视机，问他是否要买票。他谢绝了，低头看看手表，有些犹豫。他完全可以假装没收到信息，或者说自己来过了但没有遇到她。他咽了咽口水，把最上面的衬衫纽扣解开了。

朱丽叶特抬起头，漫不经心地四处张望，她突然震住。水晶宫殿门口站着个年轻男子，三十岁上下，一定不到三十岁。这其实有点难判断，因为他打扮得挺老气，戴着帽子，帽檐上插着根火柴。朱丽叶特躲在钓鸭子游戏的小木棚边上，希望对方不要看到自己。她不敢直视，害怕对方看见她，走过来跟她讲话。她盯着小径另一头的碰碰车，紧张到不敢呼吸。接着，她毫无预兆地朝水晶宫殿跑去，飞快地把门票扔给售票的胖女人，跑进了迷宫，还差点撞倒站在入口处的青年。她很快消失在璀璨的荧光中，走入通透蜿蜒的小道。

安东尼手里紧紧抓着花束，只见一个身影飞快冲进了镜子迷宫。有一瞬间，他怀疑这个人就是通过笔记约自己前来的人。摩天轮上的游客几乎走光了，他看了看表，决定也走进水晶宫殿。

朱丽叶特穿行在崎岖的玻璃小道中。频闪灯给前路制造了更大的困难，也让她彻底失去了方向感。她之前是不是到过这里？她不假思索地前行，但也知道这个行为很荒唐，为什么不直接回旅店呢？她沿着走廊直接走回主通道，不安地朝入口处看了一眼，那个神秘人不见了。她长叹一口气。

转身朝出口走去时，她却吓了一大跳。站在玻璃后面望着她的，正是安东尼。他穿着老气横秋的衣服，抑或只是少年老成，嘴角还挂着笑，显得有些滑稽。他正观察着朱丽叶特。

朱丽叶特的目光落到他手里的花束上。远远看起来，她以为这是一束白花，凑近一看才明白这是纸花，她在一片花瓣上认出了自己的笔迹，在另一朵花的花梗上发现了神秘人的笔迹。他手里握着的正是短句花。

他略带苦涩地望着她。她倔强的表情和泛红的双颊跟他想象中的“她”相去甚远，更别提她肚子里的伙伴了。

朱丽叶特猝不及防地转向右边，又转向左边，他们的身影越拉越远。但下一个通道又拉近了他们的距离，紧接着又越来越远。当他们再次隔着玻璃面对面时，安东尼伸出了一只手，像是被困在匣子里的哑剧演员。朱丽叶特也做了相同的动作，把手放在安东尼的高度。频闪灯更加剧烈地闪动。他们趁着两次闪灯的空隙看着对方，交换微笑，观察彼此的细节和表情，直到两人的身影再次隐没在黑暗中。

突然，闪烁的灯落幕了，一束粉色的柔光聚焦在他们身上。安东尼平静地把手伸向朱丽叶特，她的掌心传来一股暖流。他们终于面对面，站在纵横交错的玻璃迷宫中央，身影投射在无数的镜子里。这一次，朱丽叶特主动走到安东尼身边，直到两人额贴着额，看进彼此的眼里。朱丽叶特清楚地看见他虹膜里透出的绿色、棕色和金色的光，看见他眼球上的毛细血管，也看见了他每次眨眼时睫毛都会触碰到她的睫毛。她能闻到他身上的味道，他呼吸时鼻子里喷出的热气给她的脸颊带来了一抹暖意。在这光怪陆离的世界里，她突然毫无畏惧，慢慢将双唇贴近他的双唇，这一切自然而然地发生了。

四十四

“乔治先生，再来点粗面粉吧！”诺尔在老先生的空盘子里盛了满满一勺。

旅店的气氛热烈极了。为了庆祝自己的回归，以及朱丽叶特怀孕满七个月，诺尔准备了丰盛的饭菜。大木桌上摆着十几个盘子，里面装满了各种美味佳肴。

珀莱塔得到医院准许，回来参加了此次庆祝活动。她保持着一贯的优雅，但也毫不掩饰重逢的喜悦。她时不时看看乔治，每次都会觉得很幸福。系着领结的乔治则回以她温柔的目光。

“虽然不知道我们的庆祝遵照了什么传统，但我很喜欢这个方式！”马瑟琳娜嘴里塞满食物，兴奋地说道，“诺尔，奶油馅饼棒极啦！”

诺尔忙着收拾碗碟，把做好的菜端出来。

“这是为了朱丽叶特和宝宝，庆祝她怀孕七个月。其实先生们，你们根本没有被邀请！”

“那你打算怎么处理掉这么多食物呢？”伊凡满眼笑意地

问道。

“为什么要庆祝七个月？”乔治也很好奇。

“我家乡那边的老话是说，如果怀孕七个月，宝宝基本上能健康降生了。”诺尔边说，边用手摸了摸脖子上挂着的法蒂玛像，还摸了摸朱丽叶特的肚子。

“真主保佑……当然这是在暖箱还没发明的时代。”她补充道，“伊凡，再吃点柠檬鸡吧，你瘦了。伊贝利特，你去帮我把卡慕沙*拿来。”

“好的，马上去，‘朋友’。”

伊贝利特站起身，在住客好奇的目光中消失在厨房里。珀莱塔脑海中突然闪过一段往事。她想到四十年前在巴黎住过的那套小公寓，当时的邻居是摩洛哥人，她叫阿诗玛。珀莱塔和她在差不多同时诞下一个儿子，因此建立了深厚的友谊。有一天，珀莱塔撞见她在教训儿子，因为小朋友吃光了一小袋糖果。

“没关系，‘朋友’！”小男孩当时含糊不清地说道。

“你的妈妈不是你的‘朋友’！”珀莱塔当时温柔地对小贪吃鬼这样说。

阿诗玛大笑起来，跟她解释了“朋友”在他们语言里的真实含义。珀莱塔听完后点了点头。

现在一切都很明朗了。

---

* 摩洛哥的传统饰品。通常用于保佑孕妇平安喜乐。

伊贝利特跑回来，把一串手链交到诺尔手里。大厨站起身，把礼物拿到朱丽叶特面前，戴在她的手腕上。准妈妈的手臂上布满各种花纹：有图腾，有点状，也有纹路，那是大厨几个小时前仔细为她画的。

“这是给你和宝宝的护身符，”诺尔说道，“里面有沙拜和哈梅尔。”

“这是什么？”马瑟琳娜不解地问道。

“哈梅尔是晒干的种子，沙拜是明矾，它们能取走恶魔。”

接着，诺尔用阿拉伯语念唱起来，旅店的住客们觉得既好听又新奇。

“那些鼻涕虫，你不能给它们也施点魔法吗？”伊凡问道。

“你的魔法叫作‘塞维林’，”诺尔答道，“依据它昨晚在你的窗户前发出的响声可以推断，它比巫师更有效率！”

诺尔把礼物送了出去，马瑟琳娜、乔治和伊贝利特也把各自的礼物送给了朱丽叶特。朱丽叶特感动极了，不知该如何向大家道谢。她举起一条比洋娃娃稍大些的兜兜裤：“噢，马瑟琳娜，这很棒！但它看起来实在太小了！”

伊凡之前总觉得整个庆祝仪式有些可笑，此刻却被感动了。衣服真的太小，但真的很可爱。在看到珀莱塔送的小袜子后，他的心变得越发柔软。他感动的目光丝毫没逃过诺尔的眼睛。

“我觉得伊凡会变成顽皮的外公！”

伊凡立刻板起脸，连连拒绝。小朋友将来必须爱吃薯条，这是他唯一确定的。四周爆发出一阵笑声。

雷昂叫了一声，那它呢？它会变成什么？

“别着急，雷昂，没人能替代你在厨房的角色。”朱丽叶特安慰道。

“现在，让音乐响起来！”诺尔大声宣布，“按照传统，我们要以宝宝的名义跳舞了！今晚我提前告诉大家，没有‘妙探寻凶’的游戏！另外，乔治先生给大家准备了惊喜，会在庆祝会结束后揭晓！”

乔治笑着朝大家眨了眨眼，走进餐厅后面的小房间里，关上了门。他需要做准备。诺尔手里塞满盘子，朝厨房走去。珀莱塔跟在她身后。

马瑟琳娜借机跟朱丽叶特打趣道：“你们怎么样了，小情侣？”她故意做出娇媚的姿态。

马瑟琳娜自认为在笔记本的故事中起到了决定性作用，认为是她找到了笔记的主人，把自己当成了促成良缘的仙女。

朱丽叶特脸红了：“那个……我们后来又见了几次面……”

马瑟琳娜圆睁着眼，鼓励朱丽叶特多说一些，她太想知道细节了。

“你想让我说什么？”朱丽叶特害羞地说道，“我们开始互相了解，真正意义上的了解，不是通过笔记本，而是实实在在的约会。我们去看电影，去吃饭……想慢慢来，看看到底能走多远。”她补充道，脸上挂着一抹微笑。

她的眼中闪耀着不一样的光芒，马瑟琳娜觉得她变了。

“我知道你是真的恋爱了！”她下了这个结论，既高兴又嫉妒，“真是的，这里可是爱情旅店呢！很快就要轮到我和伊凡先生了，对不对，伊凡先生？”

她用手肘捅了捅伊凡。后者正专心致志地听伊贝利特跟他解释如何训练塞维林数到五的。

诺尔在厨房里忙着把剩菜装进冰箱，把其余东西扔进垃圾桶。接下去三周都够吃了。

“我给您装盒菜带走好吗，珀莱塔太太？”

“噢，不，非常感谢你，但医院里什么都有。厨师的厨艺虽然一般，每道菜的味道都差不多，但对医院的伙食我们还能抱什么期待呢……”

诺尔笑了起来，把软糖装进盘子里。

诺尔点点头：“是的！今晚很不错，您觉得呢？只缺少些欢呼声，留到孩子出生的庆祝会上吧！”

“庆祝孩子出生，还得办宴席吗？”珀莱塔问道。

于是，诺尔又详细解释了首次宫缩时应该怎么照顾准妈妈：首先要让家里的男人离开，再给准妈妈准备一盆热水，让她喝碗熬好的辣椒汤，还要让准妈妈多走楼梯，加快生产。

“啊！这个我知道！”珀莱塔说道，“在菲利普出生前，我婆婆让我给她擦玻璃窗，说这对生产有好处！”

诺尔大笑起来。隔壁房间传来连接麦克风和扬声器的声音。

“啊！乔治先生很快就准备好了……”诺尔说道，带着狡黠的笑。

“那你的……你的生产过程，是怎么样的？”珀莱塔突然问道。

诺尔擦着毛巾的手突然停住了，脸色变得铁青。她对老太太很了解，知道她不会胡乱猜测。她咽了咽口水，把毛巾放在料理台上。

“这件事只能你我知道，”诺尔压低声音说道，“为了他的安全，不能让人知道……”

厨房里陷入了沉默。

珀莱塔慢慢点了点头。她清晰地记得当时诺尔揭穿她的伪装后，自己对她的怨恨。那是怎样的经历啊！之后几个月，她俩之间还保持着奇特的关系。而现在，珀莱塔必须承认，自己对这个深色瞳孔和笑容灿烂的女人有着特殊的崇拜之情：诺尔在爱情里经历了伤痛，在生活中尝遍了失望的滋味，有时候甚至要冒生命危险，终于熬到了现在，能在这个充满勇气和爱的小旅店里安然老去。但直到今天，珀莱塔才明白背后的真正原因：诺尔拼尽全力留在这里是为了守护某位“住客”。她总是向他投以最温柔的目光，不惜一切代价地保护他；每晚旅店关门以后，她总会去拥抱和亲吻他，他是她的星空中最明亮的星星。这个住客，就是伊贝利特。

珀莱塔朝门外走去，在门口时转过身来：“他是个出色的年轻人。你应该为自己有这样一个儿子而感到骄傲。”珀莱塔温柔地笑了。

诺尔眼含热泪，长舒了一口气，她的目光跟随着珀莱塔，直到她消失在餐厅里。伊贝利特在老太太身后做了个手势，很开心终于等来了自己最爱吃的甜品。

四十五

乔治拍了拍手。

晚餐结束后去换好衣服的住客重新聚集到餐厅。

一周前，大家对薯条的反复抱怨让伊凡很苦恼，他终于同意把后面的小房间打造成健美操教室，条件是不要让他去打扫，也不要让他参与整个计划。

上几个月发生的事导致这个计划搁置了一段时间，但乔治答应过他一定会给旅店的住客上一节健美操课。乔治需要时间准备妥当，他不愿意在任何细节上将就。在往来医院的间隙，经常能看到他竖着耳朵站在伊凡的收音机前，拿铅笔卷磁带条。朱丽叶特和马瑟琳娜向他投去询问的目光，但没人敢问他问题。

在庆祝怀孕七个月的这天，乔治宣布将要开展第一节健美操课。他建议每个人都穿上自己最舒服的服装，在餐厅后的小房间里集合。搬走了桌椅以后，这间装满镜子的房间，变成了完美的舞蹈教室。

此刻，所有目光都聚集在乔治身上。但站在吧台后面忙着擦玻璃杯的伊凡除外，音乐于他而言是很久以前的事了，对他来说最重要的是绝对不要怪他的薯条。

“欢迎大家来上第一节‘韵律舞蹈课’！”乔治充满活力地说道。

课程名称是保罗的建议，它还有个副标题：讨厌吃西葫芦的人的好心情锻炼。

所有住客都如约而至，大家对乔治神秘的准备工作充满了好奇。马瑟琳娜还特意买了条粉色羊毛紧身袜，用以搭配短上衣。这是她对乔治表示支持的方式，之前的游泳课和跑步课都不太理想，但这次她有感觉，他们找到了正确的方法！旅店的住客开始了一种健康的生活方式，从他们容光焕发的打扮就能知道：白短裤、短袜子和网球拍，完全就是医疗保险宣传册上的画面。

乔治调整了房间的灯光，命令所有人脱掉袜子，在房里找个位置。大家好奇地照做了，一起做起了深呼吸。

“这堂课的规则很简单：就是没规则。你们要做的，就是感受音乐，肆意舞蹈。”

坐在房间后面扶手椅上的珀莱塔，好奇地扬起眉毛。马瑟琳娜则表示怀疑，这看起来并不专业，她本来期待明确又严格的指令：给他们放松韧带，教他们一些有难度的动作。下课的时候应该有疼痛感才对，这么嬉皮的课程算什么！

乔治在质疑声中按下了录音机的“播放”键。录音机连着一套立体环绕音响，为了这次的活动，保罗特意帮他把音响修整了一番。电子合成器的旋律从录音机里传出来。马瑟琳娜、诺尔、朱丽叶特和伊贝利特一字排开，对着镜子乖乖下腰。乔治让他们先热热身。

突然，一阵嘹亮的歌声在室内回荡：

♪

我想要重获自由

我想要重获自由……*

大家吃惊地面面相觑。伊贝利特看了诺尔一眼，她张大鼻孔朝他做了个鬼脸。伊贝利特开心地大笑起来。他们舒展着腿，抖动双臂，感觉身体热了起来。乔治再一次拍拍手："现在大家分散开来。占好位置，向彼此问个好。快点，大家都要笑！请大家昂首挺胸快乐地在房里走一走。没错，就是这样！你们有天大的好消息要去宣布……走起来，跳起来……我们开始了！喜欢音乐、想跟着节拍尽情跳舞的人，在这里可以恣意展现舞姿！让你们的身体来说话！"

乔治仿佛变成了另一个人。这个看起来总是很拘谨的绅士，似乎被音乐换了性情。朱丽叶特笑了。合辑的第二首歌进入传奇般的副歌，詹姆斯·布朗的声音占据了整个房间：

---

* 英国的皇后乐队（Queen）1984 年的歌曲《我想要重获自由》。

♪

噢！我感觉好极了！

嗒嗒嗒嗒嗒嗒嗒……

我知道我可以！

嗒嗒嗒嗒嗒嗒嗒……

我感觉棒极了！我知道我可以！

棒极了！棒极了！

我得到了你！

噢！*

乔治散发着活力。过了一会儿，马瑟琳娜脱下了厚运动服。乔治随着音乐的节拍扭动腰肢，踩着自然灵活的小碎步，完美地配合着音乐节奏和大家热烈的掌声。

快乐的情绪很快感染了所有人。在相处了好几年的同伴面前，刚开始大家还不好意思太放肆，但情况慢慢发生了转变：朱丽叶特率先摆动身体；马瑟琳娜也把手放在空中，扭起了屁股；连抱着将信将疑态度的珀莱塔也跟着音乐摇头晃脑，拿拐杖打着节奏。

詹姆斯·布朗的歌曲很快被下一首曲子替代。这一次，乔治邀请大家模仿新的动作。大家在房里蹦蹦跳跳，动作越来越舒

* 美国歌手詹姆斯·布朗（James Brown）1964 年的歌曲《我感觉好极了》。

展。所有人都被旋律带动着，沉浸在音乐中无法自拔。

乔治确实干得不错，他大声地鼓励大家："跳起来吧！抛开一切！"

尽管朱丽叶特的肚子很大了，但她从未感觉如此轻盈。热情的人们沉浸在欢快的音乐里。乔治还教诺尔如何扭动臀部："再低一点！放松膝盖和腰。让我看看你有多大能耐！"

诺尔依然保持着少女的腰身，觉得自己既性感又窈窕，欢快地左右摆动。

又一首新歌响起，大家的欢呼伴随着音响里的音乐。当威猛乐队的代表歌曲回荡在房间时，马瑟琳娜、伊贝利特、朱丽叶特和诺尔已经满身大汗。

♪

离去之前叫醒我*

大家满脸通红，手举在空中大声合唱，但唱出来的歌词根本不是英语，含含糊糊的，像含着酸奶一样。朱丽叶特发现乔治的英语发音极其标准，但她一点也不意外。大家弯着膝盖，打着响指，左左右右地跳着舞。

* 英国的威猛乐队（Wham!）1984年的歌曲《离去之前叫醒我》。

伊凡表面严肃，装作为确认房间是否正常而探头朝里看，实际是被一有新歌就传出尖叫声的房间吸引了。他绝对没想到会是这样！乔治太有节奏感了！和马瑟琳娜形成巨大反差。当然这些一点也不重要。住客开心极了，丝毫不隐藏自己的快乐，他们大汗淋漓，像小山羊般跳跃，挥动手臂，噘着嘴巴，看上去异常兴奋。连珀莱塔也站了起来，随着节奏摆动身体。

伊凡一开始有些谨慎，但随着音乐的展开，慢慢用脚打起了节拍："离去之前叫醒我……"他悄悄哼唱着。

这首歌把他带回1984年。那年，波尔多的葡萄酒产量极差，但其他事情都丰收了！多美好的一年！那年，加纳尔加频道*创立，皮特和丝隆乐队成立，罗兰·菲尼翁赢得了那年环法自行车赛的冠军！

"快来，伊凡！脱掉鞋子加入我们！"乔治对着他大喊，生怕隔着音乐伊凡听不见。

受到这里的气氛鼓舞，伊凡踢掉靴子，加入了今天的运动大军。气氛达到了顶点，必须承认现在的场面更像狂欢节，而不是健美操课。

杰克逊五人组的音乐前奏响了起来，马瑟琳娜兴奋地跟着哼起来："嗒哒哒哒嗒，嗒哒哒哒嗒……杰克逊五人组！1971年！我的青春岁月！"

---

* 1984年11月4日，加纳尔加频道（Canal+）开播，是法国第四个电视频道。

她用最大的声音唱道："噢，宝贝！我想要你回来！耶耶耶耶耶！我想要你回来，呐呐呐呐呐……"*

"学员们"对着镜子排成一排，仔细模仿乔治的动作。

"一只脚往前踏一步，再往后踏一步。再来一次！一只脚往前踏一步，往后踏一步！现在，张开手臂原地转一圈！非常好！很好！我们再来一次！一只脚踏前一步，踏后一步……"

他们的动作看起来挺滑稽的：伊凡庞大的身躯靠在诺尔娇小的身躯旁边，朱丽叶特挺着浑圆的肚子，马瑟琳娜时不时跟不上节奏，伊贝利特看起来像沉浸在人生最快乐的时光里。至于珀莱塔，从未有人见她如此快乐过。她对着镜子给伊凡使了个眼色，朝他喊道："好好享受！"

全情投入在舞蹈中的伊凡完全没注意到一个男子走进了房间。他看上去三十来岁，戴着鸭舌帽，手里拿着本记事本。

音乐声渐渐减弱，乔治让大家在下首歌响起之前去喝点水。直到这时，伊凡才看见进来的年轻人。青年满脸微笑，为大家鼓起掌来。

"棒极了！棒极了！"他伸出手跟伊凡打招呼，"我是《法

---

* 杰克逊五人组（The Jackson Five）成立于1965年，是乐坛超级巨星迈克尔·杰克逊的事业起点，也是美国史上最成功的黑人乐队。1969年，《我想要你回来》是他们推出的第一张唱片中的单曲。

国旅店杂志》的高迪耶·勒布朗。很高兴认识您！”

“嗯，很高兴认识您，叫我伊凡就可以。”

“不好意思，我到得早了些，请原谅。”

“提早到了？”伊凡吃惊地问道，“但我们只供应午餐！而且，我们约的是上周吧！”

高迪耶赶紧看了一眼自己的记事本。

“啊！没错，是我记错了。哎呀！您还可以给我提供些食物品尝吗？”

“呃……那个……那是当然了！来吧，我给您安排桌子！”

伊凡连鞋子都没来得及穿，带着记者走出了房间。

“给，这是菜单。请问您想喝点什么吗？”

门后又传来震耳欲聋的音乐声。大地风火乐队的代表作《摇摆仙境》环绕四周，高迪耶忍不住跟着节奏摇头晃脑。

“我要煎吐瓦耶猪肉香肠佐莫城芥末。甜品的话，我要你们的松软蛋糕配三种朗姆酒。”

“好品位。”伊凡高兴地应答。

他系上围裙，飞快地跑去厨房，亲手为记者准备猪肉香肠。运气不错，因为这是他的拿手菜。

十几分钟后，他拿着薯条回到餐桌前，却发现记者不见了。餐厅后面舞蹈教室的门大开着，伊凡很快明白了过来。他皱起眉头，去找他的客人。

“您的猪肉香肠准备好了。”伊凡在他耳边说道。

"能帮我保温五分钟吗？"

高迪耶·勒布朗先生边说边脱下鞋子，加入了舞蹈团。

"您介意我加入吗？"他朝乔治大声喊道。

乔治用询问的目光看了眼伊凡，后者摊开双手表示无能为力。音响里传出小号的声音，"蓝调兄弟"的歌声在住客的尖叫声中出场。马瑟琳娜抓住记者的手，拉着他一起跳起了迪斯科。

♪

我需要你你你

我需要你你你*

伊凡走到吧台后，给自己倒了满满一杯威士忌。事情竟然发展到了这个地步……

一刻钟后，高迪耶·勒布朗走了出来。他看起来很累，双颊通红，但明显很高兴。

"啊，伊凡先生！祝贺您！能找到这么棒的旅店真是太难得了！能给我一杯水吗？"

伊凡犹豫着是否该在杯子里放片柠檬，再放把小纸伞做装饰。但最后，他只给记者接了杯自来水。对方一饮而尽，坐上了高脚凳。

"您是定期开设这类舞蹈课吗？"

---

* 1980年的电影《蓝调兄弟》（*The Blues Brothers*）中的歌曲《每个人都需要有人来爱》。

“不，那个……这取决于您如何定义定期……”

“哎呀，真是个好主意！”他注意到桌上的盘子里放着烤肠，似乎正在等他。

高迪耶·勒布朗摸了摸肚子：“伊凡先生，我相信您做的香肠一定和您的音乐合辑一样出色……但我今天还需要采访另一家旅店，他们的特色菜是哈克雷特奶酪……您介意我下次再来品尝您的香肠吗？”

伊凡告诉他没问题，欢迎他随时再来，还说餐厅周五会提供粗面粉，大家都说这是全省最好吃的粗面粉。

记者连连表示赞同，拿起帽子和笔记。他犹豫了一下，然后紧紧拉住伊凡的手臂：“谢谢！谢谢！能有朝气地活着真好！”推门离开之前，他又回过头，微笑着说道：“我一定再来！但会是以普通客人的身份！”

舞蹈课一结束，诺尔赶忙从后面跑出来。她不安地睁圆了眼，很想知道记者的体验如何。他今天的到来完全在意料之外！舞蹈课偏偏在今晚！简直是车祸现场！

“我相信《法国旅店杂志》对我们评价不错！”伊凡愉悦地打断她的胡思乱想，“仅仅凭借一杯自来水！”

他大笑起来，埋头吃起了放在桌上还有余热的香肠。

四十六

几周后。

有人轻轻敲着门。

珀莱塔在床上坐直身体，乔治连忙放开她的手。她不喜欢被人看到自己恋爱的样子。

诺尔探出头来：“我们可以进来吗？”

伊贝利特还没等到答案就迫不及待地跑进房间，手里拿着一大束的金合欢花。

“金合欢花开了吗？”珀莱塔惊讶地问道，屋子里瞬间充满了花香，给病房增色不少，她很高兴。

“刚开花！”伊凡半边面瘫的脸上露出得意的笑。

“您不知道今夕是何夕了吧，老太太！”马瑟琳娜打趣道。

“花园里最美的果实在这里！”朱丽叶特欢快地叫道，悄悄走进房间。

她走近珀莱塔的床，怀里还抱着裹在毯子里的新生儿。宝宝啃着大拇指，粉嘟嘟的，有着翘翘的鼻子和长长的睫毛，一只小手拉着妈妈的手指头。珀莱塔激动地微微战栗，这个那么小那么脆弱的小人儿深深感动了她。她早已忘了刚出生的孩子居然那么小了。

“你好呀，宝贝……”珀莱塔轻轻说道。

“他叫保罗……”朱丽叶特告诉她。

珀莱塔惊讶地抬起头，眼里闪着泪光。

房间里分外宁静。

“那个……我希望这个名字不会导致孩子将来太有个性！”伊凡坏坏地打趣。

“等他几岁我们才能教他玩‘妙探寻凶’？”诺尔问道。

“这取决于谁来教他！”马瑟琳娜朝伊凡投去质疑的目光。

“无论如何，这孩子都会是‘好意游戏’中的一员！”诺尔笑着说道，“我能预感，这个宝宝一定是个快乐的人……”

伊贝利特仔细观察着宝宝，惊讶于这么小一个人居然可以在传递好意的游戏中成为他的强劲对手。但伊凡先生跟他说过，他现在遥遥领先。几周前，在特意为珀莱塔举办的午餐会上，他赢了不少积分。

珀莱塔在小宝宝的耳边低语，仿佛仙女伏在小王子的床边，将包含智慧、勇气和幽默的仙女棒传递给小王子。她希望他能长命百岁，拥有很多爱和丰富的经历，不断发现生命中的美。她也希望自己能多活几个月，她如何敢奢求几年？更遑论看到宝宝长大了。她将双唇轻轻贴在宝宝的额头，嗅着他身上散发的奶香。孩子朝她微笑，被老太太头上包着的彩色头巾吸引了。

当她准备把宝宝从温暖的怀里移交出去时，孩子哭了。

“我想他是饿了。”朱丽叶特把孩子接了过来。

“不是的！一定是伊凡先生的大嗓门吓到宝宝了！”马瑟琳娜喊道。

“胡说八道！这个孩子什么都懂，在吃饭时已经会附和我的声音了！”伊凡自我鼓励道，“等着看他品尝我的薯条吧！”

气氛很热闹。孩子的降临带来了希望和轻松，旅店的住户早就把他当作这里的吉祥物和小天使。马瑟琳娜和诺尔为他布置了婴儿房，伊凡选用了上好的木头，为他做了婴儿床，还特意刻了镂空花纹。诺尔向珀莱塔仔细描述了伊凡是如何把顶楼房间改造成婴儿房的，还有房间有多么漂亮。至于伊贝利特，他做了好多木玩具，还编造了很多猫英雄、蜗牛英雄和刺猬英雄的故事。

“您一定会喜欢婴儿房的！我敢保证，您很快就能去看看了！”诺尔确信地补充。

冬日的阳光投进玻璃窗。珀莱塔脸颊消瘦，躺在白色病床上的她看起来虚弱极了，但衰弱的身体并没遮挡她的笑意。

“我觉得自己越来越好了！”但气若游丝的声音出卖了她，“我跟你们打赌，医生很快就会来向我讨教康复的秘诀！我得赶快回到旅店去！我不在的日子，你们该有多无聊啊！”她讽刺地说道。

朱丽叶特表示赞同："必须承认，我也为这里带来了一点生气。"她骄傲地抬起了下巴。

伊凡假装很愤慨。小宝宝努力吸奶瓶的声音似乎在配合珀莱塔兴奋的情绪，大家都温柔地注视着睡眼惺忪的宝宝。

珀莱塔无法将视线从朱丽叶特身上移开。小姑娘浑身散发着母性的光芒，还保留着孕期带来的圆润双颊，但这样的她看起来更漂亮。她很好奇朱丽叶特和那位滑稽笔友的发展。他叫什么来着？阿勒方索？阿尔班？安东尼？安东尼！乔治告诉她，有一晚他失眠，刚好在旅店走廊上撞见那个小伙。老先生还说，每次小伙偷偷来旅店跟朱丽叶特共度良宵，小姑娘都满脸欢欣。这段爱情让乔治也很开心，他希望朱丽叶特的爱情也能像每日午后他给珀莱塔念的爱情小说一样，有个美丽的结局。

朱丽叶特的目光遇上老太太的目光，两人温柔地笑着。珀莱塔仿佛回到了五十年前那个相似的房间里。她还能回忆起那个带轮子的婴儿床上的细节，床上躺着刚降临到这个世界上的宝宝。她由衷地高兴，无法将目光从宝宝美好的脸上移开：他柔软的耳朵，精致的嘴巴，还有额头上的蓝色血管，这一切都是大自然的奇迹。想到自己也是这个复杂但运作良好的体系中的一员，珀莱塔总觉得有些不真实。

马瑟琳娜打断了房间里忧郁的情绪："珀莱塔，告诉我，乔治有没有告诉你他上新闻了？"

乔治马上脸红了。

“别胡说，别听他们胡说……”

“当然要听！电视台来给乔治先生和他的舞蹈课做采访了！他还上电视了呢！”

珀莱塔看着他：“我说乔治，你瞒了我不少事呀！”

她开心地笑着。乔治忍不住把她搂在了怀里。

“您一定想不到，伊凡先生决定了以后在旅店举办舞蹈之夜呢！”马瑟琳娜继续道，“还有针对那天的特别套餐！您自己告诉她，伊凡先生！”她鼓励道。

“没错！还跟一个国际旅行社联系过了，他们会把我们的旅店和舞蹈课印在宣传册上！”伊凡笑着说道，“人们会从世界各地坐着大巴赶来，膜拜我们的舞蹈男神！”

马瑟琳娜没好气地捅了他一肘子，房里爆发出欢快的笑声。乔治被这些夸奖搞得很尴尬，恨不得挖个地洞钻进去。刚吃完奶的小宝宝不耐烦地哭闹起来。诺尔皱起鼻子，把他抱了过去。

“伊凡，我们教过你怎么换尿布了，对吗？”大厨问道。

伊凡假装没听见，仔细研究着金合欢花。伊贝利特抖动着拨浪鼓，提醒大家可以让他帮忙。

“珀莱塔太太，在这里充斥‘香味’前我们赶紧走了，您好好休息一下！”朱丽叶特边笑边说，拉住了老太太的手，“我们很想您……”

“好了好了，不要哭哭啼啼的！”老太太装作粗暴，因为心情变得沉重起来，“等我回来给你们挑刺！看看那时候你们还会不会想我！快走吧！让我消停会儿！”

房间安静了下来。伊贝利特最后一个出门，临走前还吻了吻老太太。

过了一会儿，伊凡气喘吁吁地返回，原来大家把宝宝的尿布忘在这里了。他一眼就发现了柜子上的包。临走前，他转身亲吻珀莱塔的额头。老太太笑了，在他耳边轻轻说道：“伊凡，还记得老爷车里发生的事吗？那一天让我们永垂不朽。”

伊凡悲喜交加，他轻轻握住老太太的手，望着她的双眼，接着又像巨兽一样蹑手蹑脚地走了出去。

房门刚关上，乔治就坐到珀莱塔床边。他从外套里拿出一个小包。

“乔治，哎呀呀！”珀莱塔兴奋地喊道，“还有礼物吗？这次是庆祝什么？”

乔治把彩色的盒子递给她，撕开礼物包装，取出一个厚厚的信封。她伸手拿出眼镜戴上，大声念着礼物卡上的话：

“致我人生路上最珍贵、最温柔的伴侣。这四个月来，我的生活被你点亮了。我希望在未来有限的日子里，依然可以充满爱和欢笑。如果我们还可以大胆地做梦，就让我们来一次旅行吧，带着轻松的心情坐在船上。我要带你出发，迎着温柔的风，享受只属于我们两人的空间。爱你的乔治。”

她把卡片放在床单上，不好意思去看爱人柔情的目光。她用粗糙的手指撕开信封，里面放着一本笔记，内容很多。珀莱塔带着满腔的好奇，小心地打开了笔记。第一页是他俩的合照，是护士趁他们在花园散步的时候偷拍的。照片上的乔治看起来明亮又快乐，珀莱塔站在他身边，站得笔直，嘴角挂着一丝不易察觉的笑。她搂着他的胳膊，他牵着她的手。

后面一页，乔治画了幅画。他用蓝墨水勾勒了一座岛屿，线条有些抖动，岛的下面是他俩相依的背影。两个小小的人坐在长椅上，眺望夕阳下的摩天大楼。在画的下方，他用彩笔写着“纽约”两个字。

珀莱塔一页一页地探索着他精心准备的“旅程”。每页都点缀着小插画和属于他俩的趣闻轶事：小小的地图和速写。笔记本上记录着他们参观这座城市的每一个细节。在编辑这本“旅行日志”的过程中，乔治仔细记录了珀莱塔偏爱的风景、爱吃的食物，还有他们需要的慢节奏散步。乔治准备了一趟完全符合他们想象的轻松之旅。跟那些赶场的“纽约之旅”不同，这个行程是根据乔治熟悉、回忆和热爱的纽约组成的：他们会在第六大道转角处的小花园里闻一闻玫瑰的香气；去那个五彩缤纷的甜品店买几个小蛋糕，坐在没人的小广场里慢慢分享；在那些绿树成荫的小径上散步，阳光透过树叶照射在他们身上；在中央公园无人的角落野餐；在太阳快下山的时候，去那个只有他知道的意大利小店买个冰淇淋。神秘的纽约，精致的纽约，正等待着他们。

一滴泪水滑落在老太太的脸颊，掉在纸上，融入了水彩画。乔治把她搂在怀里："我们可以去的，看到了吗？你要赶紧好起来呀！答应我吧！"

珀莱塔用心感受着这个拥抱，就像用心感受生命给予她的每一份幸福一样。对旅行的许诺就是一次真实的旅行，她激动地想着，然后推开了乔治，从储物柜里拿出一个信封。乔治惊讶地扬起眉毛。

"你以为我没有吗？"珀莱塔反击道。

乔治吻了她，好奇地准备打开信封。珀莱塔却制止了他："你过会儿再看。"

此时，刚好有个护士敲门进来："日安，乔治先生，您今天过得如何？我现在要把珀莱塔太太借走啦。"

乔治拿起帽子和围巾，向花园走去。

他坐在长椅上，面对长满大树的公园，观察着信封。在信的背面，珀莱塔写着：你会原谅我吗？

乔治抬起头，不确定这句话意味着什么。到底是什么意思？老先生皱起眉头，将围巾裹得更紧了些。远处的山谷里，太阳缓缓落山了。白天越来越短，像是一种不好的预兆，他们的故事也会越来越短。乌鸦在枝头呀呀地叫。

乔治打开信封，首先映入眼帘的是一张长方形的纸片，他把纸片翻过来，发现是张机票，一张去纽约的单程票，上面写着他名字。他的心一下抽紧了，珀莱塔想什么呢？他们礼物之间的价格差距，让他觉得有点狼狈。他久久凝视着机票，想起来信封里还有一封信。他慢慢打开了信纸。

珀莱塔靠着窗户，穿着厚厚的睡裙，胳膊上还插着一根管线。她观察着乔治，看着他的身影，笑了起来。从高处望下去，他的身影是那么小。她猜想，当自己在天堂向下望时，是不是也是这样的场景，那她很愿意去适应那里的生活。她会带着愉快的心情在天上注视乔治，看着他帽子下露出的银发。珀莱塔用手指擦了擦玻璃，发现乔治的头转了方向。她用尽全身的力气爬起来，担忧地坐在床上看乔治。

2016年11月1日，纽约

亲爱的梅西耶太太：

我满怀希望地给您写这封信，希望不会太冒昧，也希望善良的您可以将这封信转交给您认为有权读它的人。

我是在约翰逊·C. 史密斯先生那里听说了您的名字。约翰是我们家族的老朋友，他给我看了您的来信，但他并不确定我是否会对这些信感兴趣。我非常仔细地读完了您来信中附带的内容，那些乔治·诺威先生写的信。我读了好几遍，开始是出于好奇，后来则是因为感动。这些信像是一个证据，在我眼里比其他任何东西都要珍贵。

我的名字叫克莱尔·G. 雅培。我是葛洛丽亚·嘉宝和杰里米·雅培的女儿。我于1953年9月2日出生于纽约附近的新泽西。在我十岁那年，我的父亲离开了我们。他是个冷漠孤僻的人，从未对我表现出关心和爱。我的母亲六年前去世了。在她去世后好久我才有勇气踏入她的公寓。我需要清理她的遗物，而在那个时候，我发现了她留给我的一封信。

在这份信中，她告诉我她有多爱我，在我看接下去的内容时，必须时刻牢记这份爱。因为下面的内容里，我的母亲葛洛丽亚·嘉宝向我展示了自己过去的生活。在她还是个年轻舞者的时代，她疯狂爱上了一个青年，而这个人并不是后来的结婚伴侣。他们的关系如烟火般短暂而浓烈，在男子离开的前一夜，我母亲发现她怀上了我，这是命运的安排。那个时代与现在不同，她没有做解释，而是立即嫁给了后来抚养我的那个男人。关于生父的信息她说得极少。只说他是个法国人，一个非常温柔的法国人。她还告诉我，生父是个无用的男人，他很快忘记了过去，再也没有联系过她。她怀疑过自己的丈夫是否向她隐瞒了某些信息，因为她不敢相信曾经深爱自己的男人可以如此薄情，竟从没想过回来找她。几年杳无音信的时光过去了，为了维持生活，她选择让我在没有爱的婚姻里长大成人。

我曾决定将一切忘掉，何必为了这些陈年旧事扰乱自己的生活？但您的信一直萦绕在我的心头。

我想到了那些年母亲花费了巨资为我请的法语老师，哪怕是在最拮据的时候，她依然让我学习法语。为了谁？为什么？我回忆起她有时经过某条街时，露出的忧伤表情，想起了父亲的冷漠，还有我那双谁都不像的蓝眼睛。还有我的名字：在我的中间名里，藏着G，就是代表乔治。

乔治手中的信慢慢滑落到脚边。透过窗户，珀莱塔似乎看到了老先生眼角滑落的泪滴。愤怒、后悔、欣喜和害怕，交织在这沉默的忧伤中。

珀莱塔在床上慢慢躺下，她伸直双腿，把厚厚的被子盖好。她在颤抖。一抹微弱的笑点亮了她的脸庞。她知道乔治很开心，也知道自己把他托付给了合适的人。在那里，在海的另一边，有人在等他。他可以和这个人一起去探索这座他深爱的城市，她有一双与他失去的爱人一样的眼睛。

窗外，月亮高挂在空中，房里透着一抹朦胧的光。珀莱塔觉得，那个操纵故事发展的作者，值得好好表扬。命运之神把她送到乡间，让她找到了真爱，在生命的最后品尝了人生的各种滋味，也让她深爱的男人在人生的黄昏成为父亲，这样的计划是她无法独立完成的。一切皆有意义，她现在明白了。每个人都是无根的纸片，随命运之风不断飞舞，我们只能抓住当下。她思考等待着乔治的美好未来，叹了口气，然后轻轻闭上了眼睛。她希望自己能多拥有几年时光，可以陪伴在他的身边。

fin

安娜-卡埃勒·雨昂

Anne-Gaëlle Huon

法国作家

《夏日郊外的旅店》是安娜-卡埃勒的第二部长篇小说，一经上市便风靡全国，很快成为畅销书。

她擅长书写温暖治愈的故事，塑造的人物饱满鲜活，总是能用故事征服读者。

夏日郊外的旅店

产品经理｜顾琪静　　责任印制｜路军飞
产品监制｜何　娜　　插画设计｜Lisk Feng
装帧设计｜陈　章　　出 品 人｜吴　畏

图书在版编目（CIP）数据

夏日郊外的旅店 / (法) 安娜-卡埃勒·雨昂著 ; 范以例译. -- 南昌 : 江西人民出版社, 2019.5
ISBN 978-7-210-11213-6

Ⅰ. ①夏… Ⅱ. ①安… ②范… Ⅲ. ①长篇小说－法国－现代 Ⅳ. ①I565.45

中国版本图书馆CIP数据核字(2019)第044725号

著作权合同登记号 图字14-2019-0036号

夏日郊外的旅店
[法] 安娜-卡埃勒·雨昂 Anne-Gaëlle Huon/著
范以例 译
责任编辑/冯雪松
出版发行/江西人民出版社
印刷/天津丰富彩艺印刷有限公司
版次/2019年5月第1版 2019年7月第2次印刷
开本/ 1230mm x 880mm 1/32
印数/10,000-15,000 字数/ 197千字
书号/ ISBN 978-7-210-11213-6
定价/45.00 元

赣版权登字—01—2019—56